कहानी-संग्रह

साक्षी है पीपल

जोराम यालाम नाबाम

साक्षी है पीपल

राधाकृष्ण प्रकाशन

ISBN : 978-81-19092-37-6

साक्षी है पीपल

पहला संस्करण : 2023

मूल्य : ₹395

प्रकाशक

राधाकृष्ण प्रकाशन प्राइवेट लिमिटेड

जी-17, जगतपुरी, दिल्ली-110 051

शाखाएँ : अशोक राजपथ, साइंस कॉलेज के सामने, पटना-800 006

पहली मंजिल, दरबारी बिल्डिंग, महात्मा गांधी मार्ग, प्रयागराज-211 001

1, अनमोल सोराबजी संतुक लेन, धोबी तलाव, मरीन लाइंस, मुम्बई-400 002

वेबसाइट : www.radhakrishnaprakashan.com

ई-मेल : info@radhakrishnaprakashan.com

मुद्रक

विकास कंप्यूटर एंड प्रिंटर्स

ट्रॉनिका सिटी-201 102

SAKSHI HAI PEEPAL

Stories by Joram Yalam Nabam

माँ

जिसने सिखाया मुझे

निरक्षर अक्षरों के हृदय में मौजूद

अनगिनत जीवन-स्पन्दन पढ़ना

उन्हें अपने हृदय में महसूस करना

कलम उठाना

और उन्हें कहानियों में पिरोना

उसी माँ

जोराम रिन्यी को

भूमिका

तीन महीनों के अरुणाचल-प्रवास में मुझे जोराम यालाम नाबाम की हिन्दी कहानियाँ पढ़ने का अवसर मिला। इसके पूर्व मैं उन्हें लेखक के रूप में नहीं, केवल हिन्दी साहित्य के कॉलेज प्राध्यापक के रूप में जानता था। राजीव गांधी विश्वविद्यालय के अतिथि भवन में जब वे मुझसे भेंट करने आईं, तो मैंने व्यक्तिगत और पारिवारिक कुशल-क्षेम के परिवृत्त तथा अरुणाचल के लोगों, वहाँ की प्रकृति, मौसम आदि तक सिमट आई बातचीत में कुछ नया जोड़ने के उद्देश्य से उनसे पूछ लिया, "आप अपने कॉलेज में छात्रों को साहित्य पढ़ाकर सन्तुष्ट हो जाती हैं या कुछ अपना पढ़ना-लिखना भी करती हैं?"

"हाँ सर, मैंने अपने पी-एच.डी. के शोधपरक कार्य को पुस्तक रूप में छपवा लिया है।"

"बहुत अच्छा है! वह तो सामान्य आवश्यकता के अन्तर्गत भी होगी। एक उपाधि मिल गई होगी। लेकिन उसके बाद भी तो काम करते रहना चाहिए था। अरुणाचल के बारे में ही कुछ लिखतीं।"

उस दिन तो यही लग रहा था कि अध्यापकी के कुएँ में विश्राम की आदत अपना चुके दूसरे लोगों के समान यालाम भी बहाने गढ़कर बच निकलने की कोशिश कर रही हैं।

मैंने बात का सिरा हाथ से निकलने नहीं दिया, बोला, "यह सब तो ठीक है, लेकिन जब आप उच्च शिक्षा से जुड़ गई हैं और आपमें कुछ लीक से हटकर करने की प्रतिभा है, तो समय निकालकर अपनी ज़िम्मेदारी भी निभानी चाहिए।"

"वह तो है सर, लेकिन समझ नहीं पाती कि क्या करूँ?"

"कुछ न हो, तो अरुणाचल की या अपनी न्यीशी लोक-कथाएँ ही एकत्र करके लिख डालिए। धीरे-धीरे तो यहाँ की लोक-सम्पदा विलुप्त ही हो रही है। उसे संरक्षित करना होगा। यह अरुणाचल का काम भी है और हिन्दी का भी।"

"सर, बात तो ठीक है। मुझे कुछ करना चाहिए। अच्छा सर, मैंने कुछ लिखा है, पता नहीं वह क्या है, आप पढ़ेंगे?"

"क्यों नहीं! आप लेकर आइए।"

"ठीक है सर, मैं अगले रविवार को आती हूँ।"

मैंने देखा, यालाम की झिझक थोड़ी कम हुई और चेहरे पर चमक दौड़ गई। रविवार को वे अपनी दो रचनाओं के साथ आ पहुँचीं। सामान्य शिष्टाचार निभाकर मैंने उन्हें विदा कर दिया और अवसर पाते ही वे दोनों रचनाएँ पढ़ने बैठ गया। अन्त की ओर बढ़ते-बढ़ते मेरे आश्चर्य का ठिकाना नहीं रहा, वे यालाम की लिखी हिन्दी की दो मौलिक कहानियाँ थीं। दोनों में स्त्री-चरित्र केन्द्र में थे, जो बिना किसी लाग-लपेट या दाब-ढाँक के जीवन की त्रासदियों से गुज़रते

हुए अपने यथार्थ का परिचय दे रहे थे। इन स्त्रियों में कहीं भी दिखावा या बनावटीपन नहीं था। ये थी समाज में, परिवार में, स्कूल में, खेत-जंगल में, बारिश में, घाम में—कभी हँसती हुई, कभी किसी निर्णय पर पहुँचने का संकेत करती हुई। इन स्त्रियों के पास कभी-कभी मनकों की एक माला दिखाई देती थी जो इन्हें अपनी माँ से मिली थी, बड़ी मूल्यवान थी और आड़े वक़्त काम आती थी। एक कहानी में एक स्त्री इस ढंग से आत्महत्या का रास्ता चुनती है कि उस स्थिति की कल्पना से रोंगटे खड़े हो जाते हैं। कायरता भरा यह रास्ता चुनकर भी वह स्त्री जीवन से जुड़े काफ़ी सारे तीखे सवाल छोड़ जाती है।

मैंने जल्दी ही यालाम को फ़ोन किया—"आपकी दोनों रचनाएँ अच्छी लगीं।"

"धन्यवाद सर, लेकिन ये क्या हैं? मैंने तो, जो मन में आया, लिखती चली गई।"

"वह मैं बाद में बताऊँगा। पहले आप बताएँ, आपने ऐसी और रचनाएँ भी लिखी हैं या सिर्फ़ ये दो ही हैं?"

"और भी हैं सर।"

"किसी दिन लेकर आइए, पढ़ने की इच्छा है।"

अवकाश के एक दिन यालाम एक सुन्दर काले बैग में छह रचनाएँ लिये आईं। सबकी सब कहानियाँ। एक-एक को पढ़ता गया। किसी में पापुमपारे नदी क्षेत्र का वातावरण, किसी में जोराम गाँव, किसी में जीरो नामक जगह। स्त्री सभी कहानियों के केन्द्र में है। भिन्न-भिन्न भूमिकाएँ निभाती हुई, सबसे बड़ी पत्नी के रूप में भारी-भरकम ज़िम्मेदारी उठाती हुई, अपनी मर्ज़ी दर्शाते हुए पति की एक के बाद

एक शादियाँ करवाती हुई, दोनों वक़्त भोजन पकाती हुई, खेत-जंगल में हाड़-तोड़ काम करती हुई, समूह-उत्सव में स्थानीय दारू का प्रबन्ध करती हुई, बार-बार छली जाकर टूटती हुई, सबसे छोटी पत्नी के रूप में अपमान सहते हुए भी जीती हुई, कभी-कभी किसी सौत के हमउम्र पुत्र की ओर आकृष्ट होती हुई। यही स्त्री अपने होने का अर्थ खोजती हुई भी मौजूद मिली यालाम की कहानियों में।

इन कहानियों के बच्चे भी विलक्षण थे। अनेक माँओं, किन्तु एक ही पुरुष की सन्तान होकर साथ-साथ रहते थे, सोते, खाते, शिकार करते, खेती में सहायता करते, शैतानी और मनोरंजन करते तथा अपनी ज़रूरतें ख़ुद पूरी करने को आतुर होते हुए। ये बच्चे सिर्फ़ पिता से डरते हैं, माँ से कभी नहीं। यह स्थिति तब है, जब वह पिता पुरुष कोई बड़ा काम नहीं करता, बस कभी-कभी ग़ुस्सा होकर दाव उठाए पत्नियों को धमकाने लगता है। बच्चे समझने लगे हैं कि उनका पिता अलग-अलग दिन अलग-अलग माँओं के पास जाता है, लेकिन उनके मन में कोई सवाल नहीं उभरता, वे जन्म से ही इसके अभ्यस्त हो चुके हैं। यह उनकी समाज-व्यवस्था का अंग बनकर सदियों से इसी तरह चली आ रही जीवन-शैली है। जहाँ शिक्षा पहुँच गई है, शहरीकरण का प्रभाव पड़ गया है, वहाँ इस चलन में बदलाव आया है। बच्चे इस बदलाव को भी जानने की कोशिश कर रहे हैं।

बाह्य संरचना की दृष्टि से मैंने पाया कि ये बतकही के काफ़ी क़रीब है। रचना के ढाँचे के बारे में कोई ख़ास सावधानी दिखाई नहीं देती—ऐसी तो बिलकुल नहीं, जो किसी लेखक को आशंका से भरे रखती है कि कहीं कोई उसकी कलात्मकता में कोई कमज़ोरी

न खोज लें। यालाम को इसकी चिन्ता नहीं है। मुझे याद आ रहा है, एक कहानी में जब इन्दिरा गांधी अरुणाचल जाकर पंडित नेहरू की प्रतिमा का अनावरण करती हैं, तो समारोह का संचालक हिन्दी के उस रूप में लोगों से तालियाँ बजाने का निवेदन करता है, जिसे आजकल अरुणाचल हिन्दी कहा जाने लगा है। हिन्दी कहानी के लिए यह एकदम नई बात है।

एक रविवार को यालाम बिना पूर्व सूचना के आ गई और पूछा, “सर, मैं जो सामग्री दे गई थी, उसे पढ़ लिया?”

“हाँ, वे सभी आपकी अच्छी कहानियाँ हैं। आप तो बहुत अच्छा लिखती हैं।”

“सर, क्या ये सचमुच कहानियाँ कही जाएँगी? मुझे तो मालूम नहीं।”

यह सवाल मेरे लिए बहुत कठिन था। मैं समझ चुका था कि यालाम भी पहले से जानती हैं कि उनकी रचनाएँ कहानियाँ हैं। पिछली सारी बैठकियों में या तो वे अपनी कहानियों की गुणवत्ता परखने की कोशिश कर रही थीं या मन-ही-मन मेरी अज्ञानता का आनन्द ले रही थीं। मुझे दूसरी बात का यक़ीन कुछ ज़्यादा ही है। कारण यह है कि कहानी परखने की योग्यता मुझमें किसी भी स्तर पर नहीं है और शायद मैं अपनी अधिक आयु के अहम् में यालाम को शिक्षा देने की मूर्खता कर रहा था। जो भी बात सच हो—दूसरी ही सच होगी—मुझे अपनी इस मूर्खता पर भी गर्व है, क्योंकि उसी के सहारे में यालाम जैसी हिन्दी की एक नवोदित कहानीकार से परिचित हो सका। दूसरे किसी की भी बारी मेरे बाद ही आएगी।

मैंने सवाल को टालते हुए कहा, "यालाम, आप इन कहानियों को पुस्तकाकार छपवा सकें, तो अच्छा रहेगा।"

"ऐसा हो सकता है क्या सर? कोई कुछ ऐसा-वैसा तो नहीं बोलेगा? मैं तो लिखती जाती हूँ और रखती जाती हूँ।"

"आप लिखती जाइए, लेकिन रखती मत जाइए। अपनी कहानियाँ प्रकाशित कराइए।"

"कोशिश करती हूँ सर।"

आज जब ये कहानियाँ पुस्तकाकार छप रही हैं, तो आनन्द मिल रहा है, हिन्दी को एक नवोदित कहानीकार के पा जाने का आनन्द!

यालाम को शुभकामनाएँ।

स्वतंत्रता दिवस, 2012

—देवराज

पूर्व अधिष्ठाता

मानविकी संकाय मणिपुर विश्वविद्यालय, इम्फाल

क्रम

साक्षी है पीपल

क्यों न हो, वे इसके अपने थे...बेहद अपने। यहाँ के पेड़ों की शाखाओं पर आज भी बन्दर इन्तज़ार करते हैं कि कब कोई मकई की खेती करे और नन्हे-नन्हे कई पैर उनका पीछा करें और वे जीभ दिखाकर भाग जाएँ। हवा में चुभन-सी है। पेड़ों की छायाएँ विचित्र तरीक़े से नाचती हैं। यह पीपल का पेड़ कोई वेदना-गीत गा रहा है। सुनना है? आओ, मैं सुनाती हूँ—सदियों पहले की एक कहानी।

ताजुम का वह साल बड़ा भाग्यशाली रहा। एक साथ, दो-दो, तीन-तीन महीनों के अन्तराल पर पाँचों पत्नियों से पाँच पुत्र पैदा हुए। पिता ने नाम रखा तापू, तालू, ऐपा, खोदा और ताती। "बच्चों के रोने की आवाज़ ख़ूबसूरत संगीत है, जिस घर में बच्चों के रोने की आवाज़ नहीं आती, वहाँ भूत अपना डेरा जमा लेता है और उस परिवार में बीमारी राज करती रहती है।" ताजुम कहते नहीं थकते थे। बच्चे रोते, माएँ ज़ोर-ज़ोर से चिल्लाकर उन्हें चुप करातीं। बच्चे पहले तो डर जाते—समझ नहीं पाते कि ये प्यार की भाषा है या डराने की? फिर जाने क्या सोचते कि सो जाते। जो माँ अपने बच्चों को शी-शी करके धीरे-से चुप कराने की

कोशिश करती उसे ताजुम कहते, "अरे बेवक़ूफ़ औरत, तुम्हें बच्चे को चुप कराना भी नहीं आता। जाने कब सीखेगी ये। उनके रोने की आवाज़ से माँ की आवाज़ ज़्यादा तेज़ होनी चाहिए।" औरतें ज़ोर-ज़ोर से गाने लगतीं। कभी-कभी भ्रम होता कि ज़रूर कुछ अशुभ हुआ है, जिसके चलते ये औरतें रो रही हैं। लेकिन बस्ती की सारी औरतें ऐसा ही करती थीं। उनके लिए तो यह लोरी थी।

समय के साथ बच्चे बढ़ने लगे। बाँस, लकड़ी तथा घास-फूस का बना घर—ऐसा लगता था, जैसे किसी ट्रेन का लम्बा कटा हुआ डिब्बा। एक ही लम्बा घर और उसमें सभी पत्नियों के अलग-अलग चूल्हे। बच्चों के तो बस मज़े-ही-मज़े थे। इतनी सारी माँएँ जो थीं उन्हें प्यार करने के लिए। एक ने खाना नहीं दिया तो दूसरी ने खिला दिया, एक ने मारा तो दूसरी ने प्यार किया। पिता रात को पहली बीवी के साथ ही दिखते, परन्तु सुबह दूसरी, तीसरी या चौथी के साथ दिख जाते। बच्चे सकपकाने लगते। वे आँखें मीच-मीचकर उन्हें देखने लगते। बड़े लड़के खोदा से न रहा गया। उसने भी अपने पिता का अनुसरण करना शुरू कर दिया। वह भी हर रात अलग-अलग माँओं के साथ सोने लगा।

एक दिन उसकी माँ ने कहा, "देखो देखो, इस लड़के को क्या हुआ है? अपने पिता के पीछे-पीछे चलने लगा है।"

इस पर नन्हे खोदा ने भोलेपन से कहा, "पिताजी से तो कुछ कहती नहीं, सिर्फ़ मुझे डाँटती हो।"

घर में ठहाकों की आवाज़ गूँजने लगी पर खोदा को समझ में नहीं आया कि हुआ क्या है। अपमानित खोदा उन ठहाकों के बीच हुआँ... हुआँ...करके इतने ज़ोर से रोने लगा कि सब एकदम से चुप हो गए—

जैसे किसी ने व्हिसिल बजा दी हो। सभी उसकी तरफ़ प्रश्नसूचक नज़रों से देखने लगे।

"अरे बस भी करो, जब देखो हा, हा, ही, ही, हे, हे करके हँसती रहती हो। बेटी नहीं, बेटा है मेरा। मेरा वंश आगे ले जाएगा ये," ताजुम ने बेटे को गोद में प्यार से लेते हुए कहा।

दो छोटी-छोटी उत्सुकता से भरी आँखें आबू[1] की तरफ़ उठ गईं, जो बहुत देर से आग जलाने की कोशिश कर रही थी। सोचने लगी, 'काश, मैं तितली बन जंगल-जंगल, पहाड़-पहाड़ उड़ती फिर पाती!' यह थी ऐपा की दीदी यामी—रूखे-बिखरे बालों वाली—जो समय से पहले ही परिपक्व हो गई थी।

उस दिन तापू और ऐपा ने तातो को खेल-खेल में एक चपत क्या लगा दी कि उसने अपने पुराने अन्दाज में हें-हें करके रोना शुरू कर दिया। उसकी माँ ने तापू और ऐपा को एक-एक चपत लगा दी। अब तो घर में बच्चों के रोने से कोहराम मच गया। औरतों ने एक-दूसरे के बाल खींचने, नोचने शुरू कर दिए। उनके चिल्लाने से बच्चों को मैदान छोड़ना पड़ गया। किसी के आने पर जिस तरह धान चुगती छोटी चिड़िया पुर्र करके उड़ जाती है, वैसे ही तेज़ी से वे वहाँ से भाग खड़े हुए। आबू ने झगड़े का कारण देख लिया था। उनकी अब ख़ैर नहीं थी।

इधर ताजुम प्रवेशद्वार के सामने बड़ी पत्नी के चूल्हे पर बैठकर बाँस का बना हुआ हुक्का खींच-खींचकर पी रहा था। बच्चों को भागते देख

1. आबू—पिता।

हुक्का मुँह से हटाया और धुआँ छोड़ते हुए दाएँ हाथ से दीवार पर टँगा अपना दाव[1] उतारा। एक बार फिर हुक्का ज़ोर से खींचकर धुआँ पहले की अपेक्षा ज़रा ज़ोर से छोड़ा और सामने रखे आपोङ[2] को एक ही बार में बिना साँस लिये पी गया। उसकी आँखों में एक रहस्यमयी मुस्कान छा गई। उसने दाव हाथ में लिया और उसे एक विचित्र अन्दाज़ में लहराकर गाते हुए नाचने लगा—

आबोतानी[3] की असंख्य पत्नियों में भी
झगड़ा इतना न हुआ
रेत-से फैले उनके वंशजों में भी
इतना शोर न मचा
यह क्या हुआ?
हाँ, हाँ, बताओ क्या हुआ,
हाँ, हाँ, कहो, कहो, कहो
मेरे दाव की धार से तेज़ तुम्हारी ज़ुबान
हवा से भी चंचल तुम्हारा मन
कहो, कहो, कहो न प्रिय पत्नी
ये कौन-सी दुनिया रचा ली तुमने
हाँ, हाँ, कह भी दो

नृत्य बड़ा भयानक था परन्तु उसकी चाल में एक अजीब-सा आकर्षण था। दाहिने पाँव को उठाकर कुछ इस तरह से पीछे की ओर

1. दाव—एक हथियार।
2. आपोङ/ओप्पो—शराब।
3. आबोतानी—एक पूर्वज का नाम।

मोड़ता कि लगता था जैसे उसका शरीर अब मुड़ने को है, परन्तु फिर बाएँ पैर को वैसे ही उठाते हुए दोनों हाथों को ऊपर उठाकर दाव को लहराने लगता। औरतें सहम गईं। उनको पता था, इसके बाद क्या होता है। उनकी रगों में ख़ून ने भी दौड़ना बन्द कर दिया था। वे गिरती-पड़ती एक-दूसरे को धक्का देती जान बचाकर भागने लगीं। याजो ज़रा कमज़ोर थी। किसी के पाँवों तले आ गई और माता सूर्य[1] को भी पुकारने का मौक़ा नहीं मिला कि सब उसे छोड़कर भाग गईं। ताजुम के नृत्य में और अधिक भयानकता आती जा रही थी। गाने में उसका उत्साह बढ़ता जा रहा था। बाँस का बना घर—जैसे वाद्य यंत्र का काम कर रहा था। ख़ूब छाँग-छाँग की आवाज़ निकल रही थी। अभी सुबह ही बच्चों के चलने से जो आवाज़ प्यारी लग रही थी—वही पलक झपकते भयानक संगीत में तब्दील हो गई।

याजुम रेंगती हुई मुर्गीघर में पहुँची। अंडे सेती मुर्गी को अपनी ही मालकिन दुश्मन नज़र आने लगी और उसने उस पर ताबड़-तोड़ आक्रमण कर दिया। बेचारी भली औरत—चिल्लाती हुई ढलान से लुढ़कती हुई नीचे मकई वाले बागान में पहुँच गई।

इधर बाक़ी औरतें, सबकी सब घर से कुछ दूरी पर की झाड़ियों में एक साथ छुप गईं। वे कान लगाकर पति की आवाज़ को सुनने लगीं। अपने-अपने हृदय को भी धड़कने से रोकना चाहती थीं वे। कौन जाने कब, ताजुम उसकी धक्-धक् को सुन ले! कुत्तों को क्या हो गया था उस दिन कि अपने ही अन्नदाताओं पर अलग-अलग आवाज़ों में भौंक रहे थे। सूअरों को भी शायद लगा हो कि आज उनकी मालकिनें झाड़ियों में ही रसीला भोजन खिलाएँगी। सच तो माता सूर्य ही जानती हैं। वे शी-शी

1. माता सूर्य—सूर्य को माँ और चन्द्रमा को पिता माना जाता है।

कहकर उन्हें भगाने की जितनी कोशिश करतीं—वे फिर-फिर उन्हीं के पास वापस लौटकर आते। तीसरी वाली ने सामने पड़ी लकड़ी उठाई हवा की गति से—अब जिद्दी पशु भाग खड़े हुए।

ताजुम ने बहुत ज़ोर से 'हो...हो...हो' की आवाज़ निकाली तो उन लोगों ने अनायास ही एक-दूसरे के हाथों को ज़ोर से थाम लिया। बिना कुछ कहे वे एक-दूसरे का सम्बल बन गईं। उन्हें उस वक़्त ऐपा की माँ की याद आई—जब वह ज़िन्दा थी तब सबके लिए ताजुम से लड़ती थी। अब बेचारे बिन माँ के बच्चे ने तातो को ज़रा-सी चपत क्या लगा दी कि सब लड़ पड़ीं। यही सोचकर कुछ की आँखों में आँसू छलक आए।

कुछ देर बाद ताजुम चुप हो गया। वह बाहर निकलकर ज़ोर से चिल्लाया, 'मैं मँखा और याना के खेत पर जा रहा हूँ! जिनको आना हो आ जाना।' झाड़ियों में हलचल होने लगी। उनके हाथ अब अलग हो चुके थे। किसी-किसी को याद आया कि उसने चूल्हे पर खाना चढ़ा दिया था—वह तो जलकर ख़ाक हो गया होगा। किसी को अब महसूस हुआ कि उसके पैरों में कितने काँटे चुभे हैं और दर्द अभी ही शुरू हुआ है। बस, फिर क्या था, वे फिर से चिल्लाने लगीं। एक-दूसरे पर दोषारोपण करने लगीं।

कोई कह रही थी, "झगड़े का कारण तो तुम हो।"

कोई दूसरी कहती, "अच्छा, मेरे बाल खींचने किसने शुरू किए थे।"

रिनी सोच रही थी, "माता सूर्य तेरा लाख-लाख शुक्रिया, ताजुम अब खेत जा चुके हैं। मैं चलती हूँ जल्दी-जल्दी उनके पीछे—वरना

कोई और चली जाएगी। शाम को वे एक साथ वापस आएँगे, तो मैं देख नहीं सकूँगी।"

उफ़! जलन भी क्या होती है, रिनी से पूछे कोई।

इधर संगलों नदी में बच्चे दुनिया से बेख़बर निश्छल हँसी-हँसते एक-दूसरे पर पानी के छींटे उड़ाते खेल रहे थे। कल-कल करती नदी उनकी माँ बन गई। पाँचों बच्चे उसकी गोद में किलकारियाँ भर रहे थे। सब-के-सब नंगे थे। कभी बन्दर-से उछलने लगते, कभी शेर की आवाज़ निकालते, कभी एक-दूसरे का हाथ थामे पानी में कूद पड़ते। पंछी भी कितना सुन्दर गा रहे थे। तापू बार-बार अपनी नाक इस तरह पोंछता कि चेहरे पर ही कुछ इस तरह की रेखाएँ उभरने लगतीं कि बाक़ी बच्चे 'मीट चोर बिल्ली की मूँछ', 'मीट चोर बिल्ली की मूँछ' कहकर नदी में कूद जाते और तापू हुआँ...हुआँ करके क्षण-भर रोता, फिर हँसने लगता—जैसे कोई चिढ़ाए तो रोना ज़रूरी हो—परन्तु वह इतनी देर रोकर अपना वक़्त बरबाद नहीं करना चाहता और फिर खेल में लग जाता है।

ऐपा की माँ जब मरी थी, वह सिर्फ़ चार महीने का था। दस-ग्यारह साल की दीदी की गोद में रखकर माँ ने क्षमा-याचना के साथ उन लोगों से विदा ली थी। ऐपा ने अपने कुत्ते का नाम रखा—'आनह' अर्थात माँ। हर समय दोनों साथ ही रहते।

सब-के-सब अपने-अपने कपड़ों को नदी में फेंक देते। फिर दौड़-दौड़ कर नदी की निचली तरफ़ से झपटकर कपड़े उठाते और अपनी ताक़त को साबित कर ख़ूब ख़ुश होते। आनह ऐपा की ख़ूब मदद करता। वह नदी में कूद जाता और 'बेटे' के कपड़े बचा लेता। तातो का कपड़ा बह गया, कोई बचा न पाया। सबने उसके पाँव पकड़कर कहा, "तातो,

हें-हें कर रोना नहीं, वरना फिर घर में झगड़ा हो जाएगा।" ऐपा के कपड़े उसे पहना दिए गए। सबको पता था कि ऐपा की दीदी ऐपा को कभी मारती नहीं। कपड़ों को लेकर नहीं मारेगी।

शाम को सब घर लौट आए। माँएँ मीठी झिड़कियाँ देने लगीं और उनसे चिपटकर बच्चे उन्हें तंग करने लगे। ऐपा का भी मन करने लगा वह भी माँ की गोद में ही सो जाए। माँ उसके सर से जुएँ निकालती रहे और उसके रोने पर ज़ोर-ज़ोर से गाकर चुप कराया करे। यामी ने उसे 'क्या हुआ, क्या हुआ' कहकर झकझोर दिया और ऐपा हमेशा की तरह बता नहीं पाया कि वह क्या सोचता है। भोजन के बाद दीदी ने कहा, "जितनी जल्दी सो जाओगे—उतनी ही जल्दी सपने में माँ आएगी।" मुस्कुराता ऐपा सो गया।

एक सुबह सभी बच्चे कहीं जा रहे थे—

"आची[1], आबोतानी ने बन्दर को न बनाया होता तो कितना अच्छा होता न," तापू ने कहा।

"अरे पागल! वह न होता तो मकई कौन जल्दी-जल्दी ख़त्म करता और हमें पिछले साल की तरह अगले साल खेत जाना न पड़ता," तालू ने तपाक से कहा।

तापू उँगली गाल पर रखे सिर हिला-हिलाकर कुछ सोचने लगा।

"आज तो मैं शिकार पर जाऊँगा। तातो तुम मेरे वाले खेत का भी ध्यान रखना। मैं तुम्हें चिड़िया खिलाऊँगा।" ऐपा ने अपना सीना चौड़ा करते हुए कहा।

1. आची—बड़ा भाई

"हाँ, ठीक है, लेकिन इस बार मुझे ज़्यादा हिस्सा चाहिए—वरना अगली बार तुम्हारी नहीं सुनूँगा।"

"ठीक है, ठीक है, पिछली बार तो चिड़िया मिली थी, वह तो बहुत छोटी थी। लेकिन इस बार कोई बड़ा हाथ मारूँगा," ऐपा ने परिपक्व व्यक्ति की तरह जवाब दिया।

"न न, इस बार कोई शिकार-विकार नहीं। पिछले साल बन्दरों ने कैसे सारा खेत साफ़ कर दिया था पिताजी का दाव याद है?" खोदा ने उँगली हिलाते हुए कहा।

"हाँ, और भागते-भागते कौन हें...हें करके रो रहा था?" ऐपा ने शरारती लहजे में तातो की तरफ़ देखते हुए कहा। तातो आँखें दिखाते हुए अपनी लम्बी जीभ दिखाने लगा।

माँओं ने सबको केन के बने झूले में एक-एक डिब्बा चावल डाल दिया था—जिन्हें वे पीठ पर लादे कूदते-फाँदते खेतों की ओर जा रहे थे। दूर तक फैली वादियाँ, टेढ़ा-मेढ़ा पहाड़ी रास्ता—लगता था जैसे कोई साँप रेंग रहा हो। रास्ता कभी किसी पहाड़ी की ओट में छिप जाता, तो लगता जैसे वह साँप बिल में घुस गया हो। बच्चों ने जैसे थकना सीखा ही नहीं था। हवा के साथ हिलती-डुलती पत्तियाँ और शाखाएँ तापू के नन्हे मन को अजीब-सा आनन्द दे रही थीं।

वह सोचने लगा, "जब मैं बड़ा हो जाऊँगा, तब गाँववालों को मनाऊँगा कि वे इन प्यारे-प्यारे पेड़ों को न काटें, जिन पर हम बच्चे झूल-झूलकर बन्दरों से मुकाबला करते हैं। ये गाती हुई प्यारी चिड़िया कहाँ रहेंगी। उनके बच्चे अपनी माँओं से बिछड़ गए तो?"

अचानक खोदा ने उसे बहुत देर से चुप देख झकझोरकर कहा,

"कब किन खयालों में खो जाते हो, होश ही नहीं रहता कि पाँवों में कितने जोंक चिपक गए हैं।"

"आची, आची, निकाल दो न, निकाल दो न, इसीलिए मुझे जंगल पसन्द नहीं है," तापू ने लगभग रोते हुए भय तथा याचना मिश्रित भाव से कहा।

"हाँ-हाँ, जंगल पसन्द नहीं हैं, तो वह क्या कहते हैं, ईसकूल जाओ, ईसकूल। जहाँ सभी आलसी बच्चे जमा होकर ओआन-ओआन कहकर चिल्लाते रहते हैं," खोदा ने व्यंग्य के भाव से ओआन शब्द पर ज़ोर देते हुए कहा और उसके पाँव से जोंक निकालने लगा।

उनके आबू हाथी-दाँत लेकर तेज़पुर जाया करते थे और बदले में नमक, चावल, कपड़े लाते थे। जब वापस आते तो वहाँ के स्कूल के बारे में बताया करते और अफ़सोस का एक साँस ज़रूर छोड़ते। तापू वहाँ जाने के सपने बुनता रहता—अबकी अंकल रंगबिया आए तो वह ज़रूर उनके साथ भाग जाएगा। सुना है वहाँ दूध से गोरे लोग रहते हैं और कोयले से काले लोग भी। सभी ऊपर से नीचे तक कपड़ों से ढके। इधर तो ओढ़ने तक को कपड़े नहीं।

"आची, ईसकूल नहीं, ईसकोल, ईसकोल," होंठों को गोल-गोल बनाकर मुस्कुराते हुए एक अजीब उत्साह से तापू ने कहा। उसकी छोटी-छोटी प्यारी और गोल-गोल आँखें अँधेरे में चमकते किसी तारों-सी थी।

"अच्छा, जो भी है मुझे क्या," खोदा ने ज़रा झेंपकर कहा।

"आची क्या बच्चे वहाँ जमा होकर कौआ बन जाते हैं?" तातो ने आश्चर्य से पूछा।

सब पेट पकड़-पकड़कर हँसने लगे। ठंडी-ठंडी, माँ की छुवन-सी

कोमल हवाएँ बहने लगीं। माता सूर्य की चमक से नाचती छोटी नदी, पहाड़, पेड़-पौधे भी मानो उनके साथ हँसने लगे। तातो को माँ की याद आने लगी। वह रोने लगा। खोदा ने सबको इशारे से चुप हो जाने का संकेत किया। सब मुँह पर हाथ दबा-दबाकर हँसी रोकने की कोशिश करने लगे।

सब अधनंगे थे। पेट से लपेटते हुए दोनों कन्धों से मोड़कर छाती पर बाँस के बने पिन से जोड़कर कपड़े पहने हुए थे। नीचे कमर से पाँव तक खाली। झुकते तो पूरा नीचे का हिस्सा दिख जाता था।

अब वे खेत पहुँच चुके थे। एक ही मचान पर सब जमा हुए और हमेशा की तरह बिना कुछ बोले एक साथ उसी लोक-गीत को गाने लगे—जिसमें हाथी के बच्चे का कान अरुई के पत्ते और शेर के बच्चे का कान पीपल के पत्तों जैसे थे। ऐपा पहले गाता—बाक़ी एक साथ उसका अनुसरण करते हुए ज़ोर-ज़ोर से 'लल कुंगों, लल कुंगों' कहकर गाने लगे—

न्योदी गालो—लल कुंगों लल कुंगों
बोदा गरिह—लल कुंगों लल कुंगों
सुदुम कू-अ—लल कुंगों लल कुंगों
बोरह गरीह—लल कुंगों लल कुंगों
सुदुम कु-अ—लल कुंगों लल कुंगों
तुक्कुम पान्यी—लल कुंगों लल कुंगों

(एक पहाड़ पर सुदुम अर्थात हिरण का बच्चा मिला उसका माथा गोल-गोल सा था...)

और सब गाते-नाचते अपने-अपने मचान पर जाने लगे। धान तथा मकई के लहलहाते खेत वैसे जितने सुन्दर दिखते थे, उन बच्चों के लिए खेतों की रखवाली करते हुए बन्दरों के साथ दिन की ज़िन्दगी उतनी आसान नहीं थी। सबसे छोटा तापू तो जब भी खेत पहुँचता, उसी वक़्त उसका मन करता कि वह स्कूल में ओआन, ओआन करने भाग जाए। उसने अपने आबू से तेज़पुर स्कूल के बारे में सुना था जहाँ पहुँचने में दस दिन और नौ रातें लगती हैं। आबू के पाँव कैसे छिल गए थे पिछली बार—जब वे नमक लेने गए थे। फिर भी उसे जाना है, किसी भी तरह। वहाँ एक जानवर रहता है, जिसके बड़े से पेट में घुसकर लोग जहाँ चाहे चले जाते हैं। उसने बहुत कोशिश की तेज़ी से दौड़ने वाले उस जानवर का नाम याद करने की पर याद नहीं आया।

नीचे ढलान पर छोटी-सी नदी बहती रहती थी। वहीं से वे नन्हे पाँव चलकर पानी लाया करते थे। कटे बाँस में पानी लेकर जब छोटे-छोटे हाथ ऊपर मचान तक पहुँचते तब तक उनका पसीना छूट जाता। दूर से देखने पर पहाड़ हमेशा ख़ूबसूरत ही दिखता है, परन्तु पास से उसका सामना करो तो बड़े-बड़ों को नानी याद आ जाए। फिर भी बच्चों को जंगल में ही खेलना बहुत भाता था। यही उनका जीवन था। तालू और ऐपा तो हमेशा आबू के साथ शिकार पर जाने का सपना देखते रहते। उस वादी में उनकी आवाज़ गूँजती रहती। वहाँ के जर्रे-जर्रे उन्हें पहचानते थे। एक से दूसरे पहाड़ से टकराती उनकी मधुर संगीत-सी आवाज़ हवा के साथ भी तो रश्क करती होगी।

ऐपा का मन बन्दरों के आगे-पीछे भागते-भागते ऊब गया। जितना भी भगाओ वे फिर आ जाते बदमाश! पत्थर फेंको तो वे भी जवाब में पत्थर फेंकते। जीभ दिखाओ तो वे भी दिखाते। अब उससे बर्दाश्त नहीं हुआ,

'आची खोदा, आची खोदा' चिल्लाता खोदा के मचान पर पहुँच गया। उनके बीच कुछ फुसफुसाहट हुई। अब वे उत्साहित थे। तातो को दूत बनाया गया। मकई का एक पौधा काटकर उसे हुक्का बनाया तातो ने। आबू की तरह पहले उसे मुँह से लगाकर ज़ोर से खींचा, फिर आँखें बन्द करके इस तरह से धुआँ फेंका मानो वह सचमुच में हुक्के का आनन्द ले रहा हो। उसने धीरे-से आँखें खोलीं और हल्के से दोनों भाइयों की तरफ़ नज़र डाली। दोनों को यक़ीन हो गया कि ये परिपक्व दूत हैं। तातो हुक्का पीता हुआ पीठ पर दो-तीन छोटे-छोटे कद्दू लादकर चल दिया।

"हाँ, हाँ, हम तुम्हें दूर से देखकर ही समझ गए थे कि तुम लड़की का रिश्ता लेकर आ रहे हो।" तालू ने अपना सीना तानकर कहा।

"लड़की के बाल कन्धे से नीचे तक तो आ गए हैं न?" तापू ने पूछा।

"हाँ, तभी तो रिश्ता लेकर आया हूँ। उन्होंने ये कुछ मीट भेजे हैं," तातो ने कद्दू की तरफ़ उँगली करके कहा।

"उनके पास हमें देने की लिए काफ़ी मालाएँ तो हैं न?" तालू ने कुछ उत्सुकता से पूछा।

"हाँ, हाँ, उनके पास तो बहुत सारी मालाएँ, ताल[1], माज[2] है जो न्येम-न्येपा[3] से लाए थे।"

"अच्छा कितने मिथुन[4] लगेंगे?" तापू ने पूछा।

"वह तो आप लोग लड़की वालों से मिलकर ही तय करो। मैं तो उनका दूत हूँ," तातो ने गम्भीरता से जवाब दिया।

---

1. ताल—पीतल की थाली।
2. माज—घंटीनुमा पारम्परिक वस्तु।
3. न्येम-न्येपा—म्याँमार, तिब्बत, चीन का बाजार।
4. मिथुन—एक पशु जिसे स्थानीय लोग पवित्र मानते हैं।

"लड़की का दाम भी तो अलग से लगेगा," तालू ने दोनों हाथों को फैलाकर लापरवाही से कहा।

वे कुछ देर लेटकर सुस्ताए फिर उनके अनुसार अब सुबह हो चुकी थी। सो तातो चल दिया उन्हें आने का न्योता देकर। रास्ते-भर वह सोचता जा रहा था, 'बराती आएँगे तो दूत का हिस्सा कम-से-कम एक मिथुन तो ज़रूर होगा। उससे कम लूँगा भी नहीं।'

तापू और तालू ने मीट के रूप में कद्दू को झोले में डाला। पीपल के पत्ते को पंखा बनाया। मुँह में मकई की डंडी से बना हुक्का। ककड़ी के ऊपरी हिस्से में छेद करके रस्सी घुसाई। दोनों उसे मिथुन के रूप में घसीटकर पारम्परिक विवाह-गीत गाते हुए इधर से उस तरफ़ वाले मचान पर जाने लगे—

सिन्यी और बिन्यी[1] बहनें
सिन्यी बड़ी, बिन्यी छोटी
बड़ी बन गई पशु, छोटी मनुष्य
सीमाएँ बनीं
दोनों का प्रेम था अपार
रोने लगी छोटी
बड़ी ने किया वादा
हर दुख में
सुख में काम आऊँगी मैं तुम्हारी...

1. सिन्यी—एक विशेष पशु, बिन्यी—स्त्री।

तालू आगे-आगे गाता और तापू बड़े भाई का अनुसरण करता जा रहा था। ककड़ी कभी कहीं फँस जाती तो कभी ज़ोर से खींचने पर रस्सी उसे काटकर बाहर आ जाती। तापू परेशानी से तालू की तरफ़ देखता, तो तालू हाथ से इस तरह इशारे करता, मानो कह रहा हो, 'मिथुन ले जाते वक़्त ऐसी मुसीबतें आम हैं।'

इधर खोदा और ऐपा भी तैयार थे। उनकी गाने की आवाज़ क़रीब आती जा रही थी। इधर तातो अपनी नाक बार-बार तेज़ी से पोंछने लगा। अब वह पहले से भी ज़्यादा 'मीट चोर बिल्ली की मूँछ' वाला लग रहा था—नाक से कान तक रेखाएँ खिंच गई थीं। हाथ का ऊपरी भाग, जिससे वह बार-बार नाक पोंछ रहा था, वह भी देखने लायक था। उसने खोदा और ऐपा के मचान के पास पहुँचकर ज़ोर से गाना शुरू कर दिया—

जंगली मुर्गी को दाना चुगना किसने सिखाया?
आबोतानी की माँ का नाम क्या था?
एक बहन मिथुन कैसे बन गई?
क्या तुम्हारे घर में वह दम है
हमारे लाए सामानो का बोझ सह सके?

"अरे, अरे बेशर्म, डरपोक, घर के भीतर प्रवेश करके तो पूछ," ऊपर से जवाब आया। खोदा और ऐपा जानते थे कि ये कोई टोना-टोटका करके आए हैं। कहीं उन्हें अपना होश खोकर ज़्यादा मालाएँ न दे देने पड़ें। बरातियों का कोई भरोसा नहीं। उन्होंने कुछ बुदबुदाया और पानी बरातियों पर फेंक दिया। अब बराती घर में प्रवेश कर सकते थे।

तीन-चार ककड़ियाँ नीचे खूँटे पर बँधे हुए थे। घर के भीतर कद्दू-ही-कद्दू दिख रहे थे। कटे बाँस के टुकड़ों में आपोंग पेश था। जली हुई मकई का भोजन बना। विवाह की बातें चलने लगीं। दुल्हन की कीमत तीन मिथुन तय हुई। बाक़ी सामानों का दाम दस मिथुन—जो उन्हें अगली बार लड़की के साथ वापस आकर देना था।

खोदा मचान के नीचे से पत्थर का एक टुकड़ा उठा लाया और बोला—"यह आबोतानी के जमाने का माज है। इसकी कीमत चार मिथुन के बराबर है।" यह सुनकर ऐपा उठकर कोने में बँधे कपड़े के पीछे से एक भुट्टा लाया—उसके बाल लम्बे और सुनहरे थे। बदन पर जंगली फूल लिपटे हुए थे। उसने उसे बड़े प्यार से उनके हाथों में देते हुए कहा—"ये हमारी प्यारी बेटी है। देखो हमने कितनी सारी मालाएँ पहना दी हैं इसे। है न सुन्दर?" बगल में बैठा तातो चुपचाप टुकुर-टुकर देख रहा था। रोना-धोना शुरू हुआ, क्योंकि अब दुल्हन की विदाई की घड़ी आ चुकी थी। अचानक तातो ज़ोर से चिल्लाया, "आईया[1], आईया, बन्दरों ने क्या कर दिया है? देखो, देखो।" सबका दिल बैठ गया।

वे अपनी दुनिया में इतने मगन थे कि किसी बात की ख़बर ही नहीं हुई। बन्दरों ने सारा खेत सफाचट कर दिया था। खीं-खीं करते हुए उन्होंने तो बेड़ा गर्क कर दिया। अब तो बच्चों की ख़ैर नहीं थी। किसी के भी मुँह से बोल नहीं फूट रहे थे। चेहरे पर हवाइयाँ उड़ रही थीं। वे सब भी किसी बन्दर से कम नहीं दिख रहे थे। आव देखा न ताव तालू ने दुल्हन के दो टुकड़े कर दिए एक तापू को दिया और दूसरा ख़ुद खा गया।

---

1. आईया—आह।

माता सूर्य तू हमें बचाना
सबकी प्यारी माता
सबकी तू दोस्त माता
सच्ची डर लगता है
हाँ सच्ची
आबू के तेज़ धार वाले
चमचमाते लहराते दाव से

शाम हो चुकी थी। घर लौटना था। परन्तु उनके पाँव बहुत भारी हो रहे थे। सब चुपचाप चल रहे थे, केवल तातो रोए जा रहा था—हें...हें... हें...। उसकी आवाज़ किसी के कानों में नहीं पड़ रही थी। सब कोई-न-कोई उपाय सोचते जा रहे थे—बचने का। पर वे मार खाने से बच न सके।

उस दिन की मार को सब भूल चुके थे। आज का दिन कितना अच्छा था। सभी माताएँ और पिता घर पर ही थे। उनके होने का एहसास बच्चों के लिए कितना अहम् था। दिन-भर कुछ-न-कुछ खाने को मिलता। फिर भी चाहे कुछ भी हो जाए—वे खेलना नहीं भूल सकते थे—विशेषकर ऐपा चुपचाप रहे—यह असम्भव था। उनकी दुनिया फिर खिलखिलाने लगी। इस वादी की गोद हमेशा उनकी शरारतों से भरी रहती। इसी पीपल के पेड़ ने हवाओं के संग मिलकर उन्हें मीठी थपकियाँ दी थी। ताजुम

बच्चों का रोना, चिल्लाना और खिलखिलाहटें सुनकर हमेशा बिना दाँत निकाले मुस्कुराता रहता।

"तातो, तातो तू आगे-आगे रेंगकर जा और देख, वह लोमड़ी है या हिरण? हम तेरे पीछे-पीछे आ रहे हैं।" ऐपा ने बाएँ हाथ से पीछे आ रहे तालू को आगे न आने का इशारा करते हुए धीमी आवाज़ में कहा।

तातो धीरे-धीरे झाड़ियों के भीतर रेंगता हुआ जा रहा था। उसके पीछे-पीछे ऐपा का कुत्ता कूँ-कूँ करता चल रहा था। वह झाड़ी सबको बचाया करती थी, परन्तु आज न जाने कौन, कहाँ से एक मरा, सड़ा हुआ कुत्ता इधर ही फेंक गया है।

"हो...हो लोमड़ी है या हिरण, मर गई, मर गई," कहता हुआ तातो पीछे मुड़ा।

कुत्ता, ऐपा और तालू को रौंदता हुआ बाहर भागा। पीछे झाड़ी में ऐपा और तालू पेट पकड़-पकड़कर हँस रहे थे।

धान कूटती तातो की माँ वहीं से चिल्लाई—"ऐपा और तालू का काम है—मेरे भोले बच्चों को सताना। आ, आ, बाहर आ, मैं बताती हूँ तुम्हें, वह लोमड़ी है या हिरण। जल्दी निकल बदमाश!" ग़ुस्से में वह लाल हो गई। उसने ज़ोर-ज़ोर से छाती पीट-पीटकर कूदना शुरू कर दिया। सब बाहर दौड़कर आ गईं।

आज गाँव में धरती पूजन हुआ था—कोई भी गाँववाला खेत पर नहीं गया था। धान कूटकर रखना या कल कूटने के लिए आज सुख़ाकर रखना सबको ज़रूरी लग रहा था। गाँव के हर घर से धान कूटने की आवाज़ें आ रही थीं। पूजा का दूसरा दिन सबके लिए फ़ुरसत का हुआ करता है। गाँव के बड़े-बुज़ुर्ग बच्चों को आबोतानी की, अनाथों की कहानियाँ सुना

रहे थे। नाक पोंछ-पोंछकर तो कोई दादा के पाँव में सर रखकर, तो कोई लेटे-लेटे सुन रहा था। सबकी नज़रें सुनाने वाले के चेहरे पर टिकी हुई थीं। चारों ओर अफ़रा-तफ़री मच गई। सभी मर्दों ने अपने-अपने तीर-धनुष उठा लिये थे। उन्होंने आसमान में बादल की ज़ोरदार-सी गरज वाले उस पक्षी की तरफ़ निशाना साध-साधकर तीर छोड़े, आसमान में तीरों की बरसात हो रही थी। तीर थे कि उस पक्षी को लग नहीं पा रहे थे। लगते भी कैसे? इतनी ऊँचाई पर जो उड़ रहा था वह भयानक पक्षी। पलक झपकते ग़ायब हो गया वह। उसके पंख हिलते नहीं थे। बाप रे! चील से तो कई गुना बड़ा। बच्चे चुप नहीं हो रहे थे। ऊँआ...ऊँआ...हें...हें... आँ...आँ की आवाज़ों से वह वादी भर गई। औरतें चिल्ला-चिल्लाकर भाग रही थीं। बच्चे माँओं से ख़ूब ज़ोर से चिपक गए थे। कई बच्चे एक ही माँ के लिए लड़ पड़े। सबके चेहरे फक पड़ गए थे। आँखों में प्रश्न और शरीर थर-थर काँप रहे थे।

गाँव के सभी मर्द सार्वजनिक मैदान में जमा हो गए। किसी ने पुजारी को गालियाँ देनी शुरू कर दीं—हो सकता है कि उसने मंत्रोच्चारण में कुछ गड़बड़ी की हो और प्रकृति अपनी नाराज़गी दिखा रही हो। किसी ने कहा, 'हो सकता है, ये माता सूर्य का शुभ संकेत हो।' जो भी हो, अब धरती पूजन दोबारा करना पड़ेगा, वरना हग सबकी मेहनत बरबाद हो जाएगी। सारा खेत जानवर चर जाएँगे और हम भूखों मरेंगे। सबको याद आया वह साल, जब अनगिनत चूहों ने एक साथ सारा अनाज खा लिया था। कितने लोग भूखों मरे थे। माँओं के तो दूध सूख गए थे और बच्चों की हड्डियाँ निकल आई थीं। ऐसे आड़े वक़्त में कई साल पहले गाँव छोड़कर जा चुके रंगबिया ने अजीब-अजीब कपड़े पहने बीस-

तीस लोगों के साथ आकर कुछ चावल दिए थे। उसी से तो उन लोगों को कुछ राहत मिली थी। गाँववाले शिकार पर ही जी रहे थे। "क्या करूँगा?" ताजुम ने लालिन की तरफ़ देखकर एक साल पहले रंगबिया से सीखी हुई हिन्दी में कहा। "गुगों?" लालिन ने पता नहीं के अन्दाज़ में उत्तर दिया—जिसका अर्थ वह स्वयं नहीं जानता था। चूँकि मित्र ने अजीब शब्द का इस्तेमाल किया था, सो उसे भी कहना चाहिए बस। वरना उसे बेवक़ूफ़ समझा जाता। ताजुम गम्भीर हो गया। सब परेशान थे। अनहोनी से डरे हुए थे।

इधर तापू, तालू, खोदा, तातो और ऐपा उसी झाड़ी में छिपे बैठे थे। अब डर कुछ कम हो चुका था। सभी एक ही प्रश्न का उत्तर खोज रहे थे। तातो का तो पेशाब ही निकल गया था।

"ये क्या हो सकता है?" खोदा ने कहा।

"पूजा अच्छी नहीं हुई होगी," तालू ने तपाक से जवाब दिया।

"अरे नहीं, नहीं, मरे हुए कुत्ते का भूत था," ऐपा ने कुछ इस अन्दाज़ में कहा कि तातो डरकर खोदा से चिपक गया और ग़ुस्से से ऐपा की तरफ़ देखकर जीभ दिखाई।

बहुत देर तक उँगली माथे पर रखकर सोचने के बाद तापू ने बहुत गम्भीर स्वर में कहा, "हो न हो, ये वही था, जिसके बारे में अंकल रंगबिया ने बताया था कि एक ऐसा पक्षीनुमा यंत्र है, जिसके अन्दर कई लोग बैठकर दूर-दूर तक जाते हैं।"

खोदा को भी याद आ गई, "हाँ, और वह कुछ ख़ुशबूदार चीज़ें भी अपने साथ लाया था, जिसे सोते समय पूरे कपड़ों पर छिड़क लेता था। उसे वह पाउडर कहता था। वाह! क्या सुन्दर गन्ध थी। उसने गाँव की

लड़कियों के चेहरे पर भी लगा दिया था, जिसके बाद वे सुन्दर दिखती थीं। सारी लड़कियाँ उसके पीछे-पीछे भागती थीं।"

"अरे वे बन्दर दिखती थीं, बन्दर! सफ़ेद चेहरेवाली बन्दर," कहकर ऐपा ताली मार-मारकर हँसने लगा। बच्चे फिर अपनी दुनिया में खो गए। उनके लिए फिर से जंगल मुस्कराने लगा।

ठंड की रात थी। सब लोग सो रहे थे। पाँचों बच्चे हमेशा की तरह चावल के एक ही बोरे में घुसकर सो रहे थे, जिसमें अंकल रंगबिया ने पिछले साल चावल भरकर ला दिए थे। उनके लिए वह काफ़ी था, जिसमें घुसकर वे आराम से ठंड में सो सकते थे। आधी रात हो चली थी कि ऐपा इच्चा-इच्चा कहकर चिल्लाने लगा। किसी ने पेशाब कर दिया था। खोदा सबकी जाँघों के बीच हाथ डाल-डालकर देखने लगा कि आख़िर किसने पेशाब किया है, जिसकी वजह से ठंड ज़्यादा लगने लगी थी।

"आची-आची, आची, देखो पकड़ा गया, पकड़ा गया, तातो की जाँघें भीगी हुई थीं," तापू ने कहा। अब तातो आने-आने कहकर रोने लगा। सब लोग हड़बड़ाकर उठ गए। किसी ने कहा, "अरे ताजुम किसके साथ सो रहे हो, देखते भी नहीं कि इन बच्चों को क्या हुआ है?" बड़बड़ाती माँएँ आग जलाने की कोशिश करने लगीं। चारों ओर अँधेरा फैला हुआ था। सारे पालतू पशु भी सो चुके थे। अचानक घर के बाहर सो रहे कुत्तों ने ज़ोर-ज़ोर से भौंकना शुरू कर दिया। ताजुम को लगा फिर से जंगली बिलाव आया है, मुर्ग़ी चुराने। वह दौड़कर निकला ही था कि उसके सीने में तेज़ी से एक तीर घुस गया। फिर माथे में, हाथ में, शरीर

के बाक़ी सारे हिस्सों में तीर-ही-तीर। उसके मुँह से बस एक ही शब्द निकला, 'भागो।'

पूरा गाँव दुश्मनों से घिर चुका था। सोते हुए गाँववालों को सँभलने का अवसर ही नहीं मिला था। उन्होंने बच्चों के दो टुकड़े कर दिए। वे औरतों को खींच-खींचकर ले जा रहे थे। तातो की माँ ने दर्द से चिल्लाकर कहा, "मेरे पेट में बच्चा है, मैं नहीं चल सकती। मुझे छोड़ दो।" अगले ही पल उसका सर धड़ से अलग हो गया। किसी के पेट से आँतें बाहर निकली हुई थीं तो कोई बिना सर के मरती हुई मुर्ग़ी की तरह छटपटा रहा था। किसी की आँख में तीर धँसा हुआ था, तो कोई बिना सर के दौड़ रहा था। किसी-किसी का शरीर अनगिनत टुकड़ों में बँटा हुआ था। किसी की उँगलियाँ काटी गईं और पेड़ पर तीर से चिपका दी गईं, ताकि गवाह रहे कि उनकी विजय हुई है।

बच्चे उस बोरे में सदा के लिए सो गए। उनके हाथ एक-दूसरे से दृढ़ता से जुड़े हुए थे। ऐपा का कुत्ता आन कूँ-कूँ करके बोरे को कभी सूँघता तो कभी खींचता हुआ रो रहा था। वह बोरा अब ख़ून से पूरा भीग गया था। उनके नन्हे-नन्हे पैर एक-दूसरे के पैरों से लिपटे हुए थे। और फिर रात-भर ठंडी हवाएँ साँय-साँय करके बहती रहीं, जैसे बहुत क्रोधित हों। पीपल का वह पेड़ बेबस-सा रो रहा था। सन्नाटा और अँधेरा, दोनों ने मिलकर जैसे चारों ओर एक लम्बी चादर ओढ़ा दी हो। तातो की माँ के चूल्हे में अब भी अंगारे दहक रहे थे। सुबह हुई। मुर्ग़े ने बाँग लगाई, लेकिन अब कोई उठना नहीं चाहता था। पूरा गाँव रक्त से सन चुका था। वादी ख़ामोश, अपनी बाँहें फैलाए बैठी थी। सब उसी की गोद में आराम से सो रहे थे।

वादी के इस पार जश्न का माहौल था। संगरी गाँव की औरतें बीच में खूँटे से बँधी हुई थीं। अब वे हमेशा के लिए दासी थीं। उनको अब नई ज़िन्दगी शुरू करनी थी। अँधेरे के सिवाय कुछ नहीं था। माता सूर्य भी हमेशा की तरह ही मुस्कुराती हुई उग आई थी। अब वह भी परायी हो चुकी थी। खूँटे के चारों ओर दाव लहराते वीर पुरुष नाच रहे थे। एक बच्चा नाक पोंछता-पोंछता यामी को दया से घूर रहा था। उसे लगा, जैसे ऐपा सामने हो। जैसे वह अभी दीदी कहकर बुलाएगा। वह ज़ोर-ज़ोर से रोने लगी। चिल्ला-चिल्लाकर पूछने लगी, "आख़िर हमारे भाई को क्यों मारा? क्या किया है हमने? हम बन्दी क्यों बना लिये गए? हमें भी मार डालो।" तब एक आदमी उसके गले पर दाव रखकर घृणा से उसे देखता हुआ बोला—"हमारी क्या गलती थी? हमारे बच्चे उल्टियाँ और दस्त से क्यों मर गए? क्यों इतने लोग बुखार से मर गए? हमारी सारी-की-सारी मुर्गियाँ कैसे मर गईं? क्योंकि तुम्हारे गाँव में रंगबिया आता-जाता रहता है और वह बाहर से बीमारी लेकर आता है। तुम लोग उसे आने देते हो और अब मज़े से धरती पूजन करके ख़ुशहाल होते जा रहे हो?" कहकर उसने उसके चेहरे पर थूक दिया। उस गाँव की औरतों ने भी उन सभी बँधी हुई औरतों पर घृणा से थूक दिया। घायल औरतें समझ गई थीं कि पुजारी से ही गलती हुई थी—जिसका संकेत प्रकृति ने दे ही दिया था—लेकिन हम ही थे कि तैयार नहीं थे। इस तरफ़ हमेशा के लिए गहन सूनापन छा गया था।

उन बँधी औरतों का क्या हुआ? पता नहीं, पर अन्दाज़ा तो लगा ही सकते हैं।

आज जब भी कोई यहाँ से गुज़रता है, तो साँस रोककर तेज़ी से दौड़ने लगता है। सुना है, यहाँ बच्चों की हँसने-रोने की आवाज़ें और

कभी-कभी दर्द-भरी चीख़ें सुनाई देती हैं। पीपल का पेड़ जानता है, डर क्या है और दर्द क्या है। आज उसी उजड़े वीरान गाँव में लोग हवाई अड्डा बनाने की बातें करते हैं। वही हवाई जहाज़, जिसे भयानक शोर करता पक्षी समझकर वे कभी डरे थे। कई हवाई जहाज़ उड़ा करेंगे, तो क्या उस वादी में फिर कोई ख़ौफ़नाक मंजर होगा? फिर से कोई साया भागेगा? कौन जाने! लेकिन इतना तो तय है कि अबकी बार का शोर पहले वाले शोर से भिन्न ज़रूर होगा।

यापी

किसान बहुत ख़ुश थे कि अब जाकर बरसात हुई है। सभी में अपने-अपने खेतों को पहले ख़त्म कर लेने की जैसे होड़-सी लग गई। गाँव में हलचल शुरू हो चुकी थी। यामा के घर एक शाम तोको यातर आई। उसने कहा, "कल मेरे खेत में धान रोपने जाना है। किसी भी हाल में यापी को भेज देना। उसके हाथ तो बस जैसे ओखली में दो औरतें जल्दी-जल्दी धान कूट रही हों। कमाल की लड़की पैदा की है तूने।"

"माफ़ करना यातर, तुमसे पहले रिनी आकर यापी को अपने खेत में आने को कह गई है। छोटीवाली तुम्हारे खेत में कल चली जाएगी," यामा ने अफ़सोस के साथ कहा।

"अरे क्या करती हो? ऐसे नहीं चलेगा। यापी को ही भेज देना। छोटी को रिनी के यहाँ भेज दो," यातर ने लगभग गिड़गिड़ाने के अन्दाज़ में कहा।

"नहीं, तुम तो जानती हो, रिनी कितनी झगड़ालू है। मैं कोई ख़तरा मोल नहीं ले सकती।"

खेतों में फावड़ा चलाना हो, या धान रोपना, किसी के यहाँ पूजा में औरतों का हाथ बँटाना हो, या घर का कोई काम—यापी सब में हिरनी-सी फुर्ती रखती थी। ख़ाली समय में अपने भाई-बहनों के लिए स्वेटर बुनना उसे बहुत पसन्द था। हँसती तो पूरे गाँव को पता चल जाता कि यह यापी ही है। बच्चों के साथ ख़ुद भी बच्ची बन जाती। गाँव के सारे बच्चों की वह प्यारी थी। जो बच्चे उसके पास नहीं आते, उनसे वह आँखें तरेरकर मुँह को अजीब-सा बनाती हुई कहती, "जब मेरा ख़ुद का बच्चा होगा, तो तुम्हारे साथ नहीं खेलने दूँगी।" जब बच्चे रोते, तो वह इतनी ज़ोर से हँस देती कि बाक़ी लोग भी बरबस मुस्कुरा पड़ते। दारू पीने में भी उसका कोई सानी नहीं था। उसकी अच्छी बात यह थी कि पीने के बाद बिलकुल लड़खड़ाती नहीं थी और न ही किसी से बात करती थी। बस हँसती रहती।

गाँव में लोगों का पीना मजबूरी ही कहा जा सकता है। धूप हो या बरसात। दिन-रात बस शारीरिक श्रम में उनका जीवन गुज़र जाता है। पसीने में ही सारी दारू बह जाती है। फिर भी कुछ पल मस्ती तो छा ही जाती है और शरीर का दर्द कुछ कम-सा लगता। गाँव के लोग दारू स्वयं तैयार करते हैं। उसके लिए फ़सल भी अपने ही खेतों में उगाते हैं। घर-घर दारू बनती है, लोग मेहमानों का स्वागत भी दारू से ही करते हैं। हाँ, कभी-कभी मज़ेदार और अनहोनी घटनाएँ भी हो जाती हैं। परन्तु कभी-कभी ही। उन घटनाओं में ज़्यादातर औरतें मर्दों की पिटाई करती हैं और ऐसे में मर्दों का रोना बड़ा ही बेसुरा हुआ करता है।

रिनी के खेत में उस दिन तारो भी आया। कभी बरसात ज़ोर से आने लगती तो कभी लगता, जैसे थम ही जाएगी। बीच-बीच में हँसी-मज़ाक़ भी चलता रहता। गाँव वाले ख़ूब गन्दे-गन्दे मज़ाक़ भी करते हैं और उनका दिल खोलकर आनन्द लेते हैं। यापी को ऐसी बातें बहुत ही परेशान करतीं। ऐसी बातों पर वह हँसना भी पसन्द नहीं करती। उस दिन भी रोज़ की तरह लोग चटखारे ले-लेकर हँस रहे थे। तारो को जाने क्या हुआ वह यापी को ही घूरता रहा दिन-भर। सब लोग उनको चिढ़ा रहे थे। यापी स्वयं को बहुत ही बेबस पा रही थी। आँखें दिखाती तो मुसीबत, न दिखाती तो बर्दाश्त नहीं होता।

यापी के माँ-बाप ग़रीब किसान थे। कैसे सब कुछ लौटा सकते थे। वैसे भी उन्होंने अपनी बेटी का रिश्ता कराया था। आसानी से तोड़ा भी नहीं जा सकता। सारा गाँव उसी पर थू-थू करेगा। तारो जैसे आदमी को बर्दाश्त तो करना ही था उसे। जब वह माँ के गर्भ में थी, तभी बात पक्की हो गई थी कि लड़की हुई तो तारो के साथ शादी होगी। तारो उससे तीन साल बड़ा था। जन्म होते ही तारो के माँ-बाप ने अपनी शर्त के अनुसार यापी के माँ-बाप के पास पाँच मिथुन, कुछ सूखा मीट, चार टोकरी ओप्पो (स्थानीय शराब) तथा दो दाव पहुँचा दिए। वह माँ-बाप के लिए भाग्य लेकर आई थी। महीना अभी तय नहीं हुआ था, परन्तु यह ज़रूर था कि धान कटने के बाद ही यापी को विदा कर देना होगा। तारो के घर वालों का मानना था कि लड़की जवान हो गई है और कितना इन्तज़ार करें। यहाँ भी तो कितने खेत हैं करने को। जल्दी आएगी तो सास-ससुर का बोझ हल्का होगा। आख़िर पुरखों की ज़मीन है। उसकी देखभाल करके ही उनकी आत्मा को भी ख़ुश रख सकते हैं।

धीरे-धीरे सूरज डूबने लगा। आस-पास के खेतों के लोग घर जाने की तैयारी करने लगे। पंछी भी हलचल मचाते हुए अपने आशियाने की ओर उड़ने लगे कि अचानक बरसात फिर ज़ोरों से होने लगी। सबने अपने-अपने ओबियो[1] को सर पर रख लिया। सारे-के-सारे घर की तरफ़ भागने लगे। बिजली ऐसी कड़क रही थी, जैसे अब धरती को फाड़ ही डालेगी। आसमान में काले बादल ऐसे छा गए, जैसे काला-काला घना धुआँ हो। वातावरण कुछ-कुछ भयानक-सा लगने लगा। यापी भी जल्दी-जल्दी भाग रही थी। किसी को भी किसी की सुध नहीं थी कि अचानक तारो ने यापी का हाथ मज़बूती से पकड़ लिया और उसे खींचते हुए अपने घर की ओर बढ़ने लगा। यापी ने बेबस होकर कहा, "अब वह दिन दूर नहीं, मैं तुम्हारी घरवाली हूँ। आज मुझे जाने दो।"

कैसी मजबूरी थी कि वह अपना हाथ तक नहीं छुड़ा सकती थी। बार-बार मजबूर माँ-बाप के चेहरे उसकी आँखों के आगे आ जाते थे। उन्होंने तारो के माँ-बाप से उधार लिया था। नहीं चुका सकने की स्थिति में कुछ और सामान लेकर बेटी का रिश्ता ही तय कर दिया था। वह रोती रही, पर तारो नहीं माना। वह उसका होनेवाला पति था। दूसरे दिन उसकी माँ पूछती रह गई कि क्या हुआ? लेकिन उसके मुँह पर जैसे ताला लग चुका था।

ज़िन्दगी अपने ढर्रे पर चलने लगी। सबको अपने-अपने खेतों की पड़ी थी। दुखी होना चाहिए भी या नहीं—वह नहीं जानती थी। पर वह उदास और परेशान थी। जैसे वह अँधेरी रात में किसी घने जंगल में फँस

1. ओबियो—बारिश से बचाव के लिए पत्तों और रस्सियों से बनी छतरी जिससे पीठ ढक जाती है।

गई हो—जहाँ असंख्य कीड़े-मकोड़े रेंग रहे हैं, तरह-तरह के जोंक उसके शरीर का ख़ून चूस रहे हैं। अगर वह चिल्लाती है, तो शेर या हाथी आ जाते हैं। चुप रहकर भी वह उस भयानकता से लड़ नहीं पा रही। कोई भी अपना उसके आस-पास नहीं। बाहर निकलने का संघर्ष स्वयं करते-करते थक गई। हारकर अन्त में वह अपने को हालात के हवाले कर देना चाहती है। उसने अपनी आँखें बन्द कर लीं।

एक दिन तारो एक लड़की लेकर आ गया था। वह सुन्दर थी। छुई-मुई सी। सबका दिल जीतना चाहती थी। कोई घर में आता तो तुरन्त ओप्पो बना देती। दिन-भर काम करती थी। उस दिन गाँव के सभी लोग तारो के घर जमा हो गए। लड़की को अगर घर में नहीं लाता, तो छुड़ाया जा सकता था। अब घर तक आ गई, तो रखना पड़ेगा। गाँव में तीन-चार मर्दों को छोड़कर सभी तो दो-दो, तीन-तीन बीवियाँ रखते हैं। तारो ने कहा, "ख़ूबसूरत औरत का सपना तो सभी मर्द देखते हैं। वैसे तो यापी ही मेरी पहली बीवी है।"

एक दिन यापी डरती-डरती गाँव के स्कूल पहुँची। अध्यापक परेशान थे कि इतनी बड़ी लड़की को किस कक्षा में बिठाएँ। वैसे भी अब प्रवेश लेने का समय समाप्त हो चुका था। तीन महीनों से कक्षा चल रही थी। वह रोने लगी। ज़िद करने लगी कि उसे किसी भी हाल में पढ़ना है। अध्यापिकाओं को दया आ गई। अब वह हॉस्टल में रहने लगी। आश्चर्य की बात हुई कि न तारो ने कुछ कहा और न ही उसके माँ-बाप ने। वह सोचती रह गई कि उसकी बदसूरती ने उसे बचाया की तारो की पत्नी की ख़ूबसूरती ने?

वह ख़ूब मन लगाकर पढ़ने की कोशिश करने लगी। वह जब कक्षा में बैठती तो लगता था जैसे किसी बच्चे की माँ हो, जो अपने बच्चे की ज़िद और रोने के कारण साथ ही बैठ गई है। कभी-कभी उसका मन करता कि वह वहाँ से कहीं दूर भाग जाए। कभी सोचती, किसी के साथ शादी हो जाए, तो ही ठीक है। वह पहली कक्षा में थी। जामज़ा, जिसके साथ वह बचपन में खेलती थी। कुछ बड़ा था उससे। वह भी तीसरी कक्षा में था। उनमें फिर से दोस्ती होने लगी। दोनों ही अपनी-अपनी कक्षा में अजीब थे। वे बिना कहे एक-दूसरे के दर्द को समझने लगे। जामज़ा अपने हॉस्टल में लड़कों का मॉनिटर था। यापी उससे आश्चर्यचकित होकर पूछती कि वह अपने से बड़ी कक्षाओं के बच्चों को कैसे सँभाल पाता है। जामज़ा कुछ संकोच के साथ कहता, "हॉस्टल में मैं ही सबसे बड़ा हूँ। पढ़ाई करनी ही पड़ेगी। दिन-रात खेतों में अपनी ज़िन्दगी खपाने से तो अच्छा है, यहाँ अपने से छोटे बच्चों के साथ पढ़ना।"

दिन गुज़रने लगे। दोनों इतने क़रीब आ गए इसका उनको ख़याल ही नहीं रहा। ज़्यादातर समय वे साथ ही रहते। यापी सदा जामज़ा का ही इन्तज़ार करती रहती। वह बहुत ही ख़ुश होती उसे देखकर। कुछ दिन बाद उसने पाया कि उसे माहवारी नहीं हो रही है। माँ की दी हुई पुरानी माला को बेचकर वह एक क्लीनिक में पहुँची। गाँव से गाड़ी से चलने पर वहाँ पहुँचने में तीन घंटे लगते थे। जिस बात का डर था, वही हुआ। उसे गर्भपात कराना ही पड़ा। परीक्षा ख़त्म हो गई और वह फेल भी हो गई। सब कुछ जैसे ख़त्म हो गया था। घर वापस आ गई। जामज़ा के लिए उसके माँ-बाप ने सुन्दर और सुशील-सी लड़की ला दी थी। आश्चर्य तो तब हुआ जब

जामज़ा अपनी पत्नी के साथ बहुत ख़ुश था। यापी के सामने तो ऐसे दिखाता था जैसे कभी कुछ हुआ ही नहीं उनके बीच। वह तारो के घर पहुँच गई। तारो के घरवाले बहुत ख़ुश हुए कि चलो खेतीबारी का बोझ हल्का हुआ।

वह खेतों में लग गई। तारो और उसकी पत्नी बहुत ही परेशान रहने लगे। दोनों में ख़ूब तू-तू, मैं-मैं भी होने लगी। तारो यापी से आँख भी नहीं मिलाता था। वह अकेली ही सोती थी। वह इससे ख़ुश थी। वैसे भी वह जामज़ा की नज़रों से दूर रहना चाहती थी, इसीलिए यहाँ का रास्ता चुना था। अब उसे हर परेशानी फ़िज़ूल लगने लगी। दिन को खेत में उसकी हँसी सुनाई देने लगी। पहले से ज़्यादा पीने लगी। गाँव के किसी भी मर्द को जब चाहे पाने की कोशिश करने लगी। सभी औरतों की आँख का काँटा बन गई। वह ख़ूब बेशर्मी से हँसती रहती। एक दिन तारो के घरवालों ने उसे घर से निकाल दिया। उस रोज़ वह हल्के से मुस्कराई। उसके क़दम बहुत ही हल्के थे। वह हिरनी-सी छलाँग लगाती हुई दौड़ रही थी। माँ से कहा, "माँ, अब तुम ऋण से मुक्त हो। मैं कल शहर जा रही हूँ अपनी सहेली के पास। वह वहाँ नौकरी करती है।"

बचपन की सहेली आमी। अभी भी वैसी ही सुन्दर थी वह। तीन प्यारे-प्यारे बच्चों की माँ थी, फिर भी बदन छरहरा था। और यापी इतनी मोटी। उसे कुछ संकोच भी हुआ। मिलकर ख़ूब बातें हुईं। बच्चों की वह प्यारी मौसी बन गई। सामने एक स्कूल था। वहाँ के हॉस्टल में बच्चों की देखभाल करने वाली आया की ज़रूरत थी। सुबह दोनों सहेलियाँ गईं।

प्रिंसिपल से मिलकर बातें हुईं। उन्हें यापी बहुत पसन्द आई। दो-तीन महीने तक यापी को बाहर से आना पड़ेगा। क्योंकि अभी रूम बन रहा था। आमी का पति जीरो[1] में बड़े बाबू के पद पर था। वह दस-पन्द्रह दिन के लिए घर आया। उसका बार-बार उसकी छाती को घूरना यापी को बिलकुल पसन्द नहीं था। एक दिन उसने कहा, "मुझे पता है, तुमने गाँव में क्या गुल खिलाए।" यापी चुप ही रही। आमी सदा अपने पति की तारीफ़ करती रहती। कितनी ख़ुश थी वह।

एक दिन हॉस्टल जाते समय यापी अपना पर्स भूल गई। उसे शाम को वापसी में सब्ज़ी ख़रीदनी थी। पर्स में कुछ पैसे थे, सो वह वापस आई। बच्चे स्कूल जा चुके थे और आमी भी ऑफ़िस के लिए निकल चुकी थी। उसने देखा, घर का दरवाज़ा हल्का-सा खुला हुआ था। वह भीतर घुसी और अचानक आमी के पति ने उसे अपनी बाँहों में जकड़ लिया। संसार का कोई भी कोना क्या उसके लिए नहीं था? उस दिन वह पहली बार अपने शरीर का अन्त कर लेना चाहती थी। आमी के पति ने कहा था, "तुम्हारे जीवन में मैं अकेला मर्द थोड़े ही हूँ। तुम तो इसमें माहिर हो। रोने की क्या बात है। देखो, समझदारी से काम लो। हम ख़ूब मस्ती कर सकते हैं।"

अजीब बात थी मोटी और बदसूरत-सी लड़की सभी मर्दों को अपनी तरफ़ खींच रही थी। लेकिन कोई भी उसे अपनी जीवनसंगिनी नहीं बनाना चाहता था। उसने उस दिन हॉस्टल में किसी से बात नहीं की। उसे किसी की भी आवाज़ नहीं सुनाई दे रही थी। वह अपने में भी नहीं थी। रोना भी तो नहीं आ रहा था। एक शाम वार्डन ने उसे झकझोरकर कहा, "गेट

1. जीरो—एक स्थान का नाम।

बन्द होने वाला है। तुम्हें आज घर नहीं जाना?" वह दौड़ती हुई घर पहुँची। आमी खाने पर उसका इन्तज़ार कर रही थी। उसे देखते ही कहने लगी, "चलो, जल्दी-जल्दी कपड़े बदलो, मुझे भूख लगी है। मैं तो सोच रही थी कि कहीं तुम आज हॉस्टल में ही न रह जाओ। सच कहती हूँ, दिन के ख़त्म हो जाने का इन्तज़ार करती हूँ कि कब हम साथ बैठें और दिल खोलकर हँसें। ऑफ़िस के अपने सभी दोस्तों को तुम्हारे बारे में बताती रहती हूँ।"

कुछ दिन बाद हॉस्टल से भी बुलावा आ गया। अबकी बार फिर माहवारी नहीं हुई। छोटे-छोटे प्यारे-प्यारे बच्चों के बीच रहकर उसके मन में भी एक इच्छा ने चुपके-से जन्म लेना शुरू किया। इस बार उसने निश्चय कर लिया कि वह उस बच्चे को जन्म देगी। बस, उसको फ़िक्र थी तो आमी की। पर उसे तो वह कभी असलियत बताएगी ही नहीं। नन्हे-नन्हे पाँव का ख़याल आते ही वह फिर से गुनगुनाने लगी। उसकी आँखों में सभी बच्चों के लिए पहले से भी ज़्यादा प्यार और अपनापन झलकने लगा। वह सबकी माँ बन गई थी। हमेशा बदन पर बच्चे झूलते रहते। सभी अध्यापक भी उसके काम से ख़ुश थे।

दिन बढ़ते जा रहे थे। पहले तो सबको लगा कि उसका मोटापा और बढ़ रहा है। पर कब तक ये बात छुपी रह सकती थी। यापी हर परिस्थिति के लिए तैयार थी। एक स्कूल के लिए यह बदनामी का सबब बन गया। हॉस्टल में काम करने वाली एक बिन ब्याही लड़की अचानक गर्भवती हो गई। सबने अपने-अपने दिमाग़ पर ज़ोर डालते हुए याद करने की कोशिश करने लगे कि वह किसके साथ ज़्यादा बातें करती थी। किसी पर भी शक की सूई घूमती नहीं थी। यापी किसी को

भी बताने के लिए तैयार नहीं थी। अब तो पक्का हो गया कि वह एक बदचलन औरत है। बाहर से गुल खिलाकर आई है। उसका स्कूल छोड़ना तय हो गया।

जब उसने हॉस्टल छोड़ा था, किसी भी बच्चे से नहीं मिली थी। वहाँ से चुपचाप चली आई थी। कल ही उसे किसी के यहाँ कपड़े बुनने का काम मिला था। वह दो-तीन दिन में आमी का घर छोड़ने वाली थी। आमी उसकी मदद करना चाहती थी। उसने यापी से कहा कि बच्चा गिरा दो। पर वह है कि मानती ही नहीं। बाप का नाम पूछती तो हँसती हुई कह देती, "कम-से-कम तुम्हारा पति तो नहीं है न। चिन्ता मत करो।"

उस रात यापी ने खाना बनाया। बहुत प्यार से सबको खिलाया और ख़ुद भी ख़ूब हँसते हुए डटकर खाया। माँ की दी हुई पुरानी माला आमी को देती हुई बोली, "इसे अपनी बच्ची की शादी में दे देना। उससे कहना कि उसकी मौसी बहुत अच्छी थी और उसे बहुत प्यार करती थी।" दो दिन पहले ही तो अल्ट्रासाउंड में देखा था—वह जुड़वाँ बच्चों की माँ बनने वाली थी। डॉक्टर ने उसे कम्प्यूटर पर दिखाया था। एक तो देखते-देखते ही अपनी उँगली मुँह में डालकर चूसने लगा है। माँ के गर्भ में भी बच्चा खाने की चीज़ें ढूँढ़ता है। कितना प्यारा अहसास था, "ओह, कितना पेटू होने वाला है यह—अपनी माँ की ही तरह।" और आज फिर से कोई भयानक राक्षस उसका रास्ता रोके खड़ा था। आमी का पति घर आया हुआ था। उसने उसे धमकाना शुरू कर दिया,

"गर्भपात करवाओ, नहीं तो आमी से कह दूँगा कि तुमने ज़बरदस्ती मुझे बहकाया।"

उस रात वह सो नहीं पाई। उसे बार-बार आमी का चेहरा दिखने लगा। अपनों के चेहरे एक-एक करके चलचित्र की भाँति आँखों के सम्मुख आने लगे। अन्त में उँगली चूसता कोई छोटा-सा साया उसके आस-पास मँडराने लगा। दूसरा साया हँसता हुआ कभी उसके कन्धे पर झूल जाता तो कभी भाग जाता। वह बिस्तर से उठी। आमी के रूम की तरफ़ आई। दरवाज़ा धीरे से खोला। सब कितने सुकून से सो रहे थे। एक भरपूर दृष्टि आमी के चेहरे पर डाली और तेज़ी से मुड़ गई।

कहीं दूर से कोई नन्ही पुकार सुनाई दे रही थी। वह भागी। उस आवाज़ के पीछे वह भागती जा रही थी। उँगली चूसता नन्हा साया दिखने लगा। और दूसरे साये ने उसके कान में आकर धीरे से पुकारा "माँ"। वह बदहवास-सी भागने लगी। रोती भी जा रही थी। अजीब बात थी कि वह रोती-रोती हँस भी पड़ती थी। आवाज़ें सड़क के नीचे बहती नदी से आने लगीं। उसने अपनी बाँहें फैला दीं...और नदी ने भी जैसे उसका स्वागत किया हो।

सुबह नदी किनारे लोगों का जमावड़ा हो गया। पुलिस अपना काम कर रही थी। दूसरे दिन अख़बार में छपा—'एक आवारा गर्भवती महिला ने ब्रिज से कूदकर अपनी जान दे दी।'

यासो

शाम के सात बजे हैं। अलाव के चारों ओर हम लोग—तेकी, येमी, ताँगा, मैं और मेरे पति बैठे हैं। बाहर कड़ाके की ठंड है। हमारे बीच आग इस तरह जल रही है, जैसे नाच रही हो और हम सब अपने-अपने हाथों को इस तरह उठाए हुए हैं, जैसे तालियाँ बजाने ही वाले हों। बीच-बीच में कनखियों से अलाव के एक ओर बैठे ताना तामिन[1] की ओर हम सब देखते, फिर एक-दूसरे को हल्की मुस्कराहट के साथ देखने लगते। चूँकि ताँगा के माँ-बाप बहुत पहले गुज़र गए थे अत: अभिभावक के तौर पर येमी और तेकी आए हैं, मैं और मेरे पति उनका साथ देने। ताँगा की भाभी येमी—मेरी बड़ी दीदी है।

सब लोग ख़ामोश बैठे हैं जैसे किसी चिन्ता में डूबे हुए हों। मुझे बेचैनी-सी होने लगी है। इन्तज़ार सदा मुझे बेचैन ही किया करता है। साथ-साथ बैठे हों, पर कोई चूँ तक नहीं कर रहा हो तो और भी अजीब लगता है। गाँव के बुज़ुर्ग लोग आमतौर पर बहुत देर सोचने के बाद

1. ताना तामिन—आदमी का नाम।

ही आराम से बोला करते हैं। कभी-कभी उनके भाव-शून्य चेहरे को देखकर भ्रम-सा होने लगता है कि उनकी हममें ज़रा भी दिलचस्पी नहीं है।

ख़ैर, उन्होंने धीरे-धीरे कहना शुरू किया, "हम लोग न्यीशी हैं—यहाँ के बहुसंख्यक समुदाय। तुम लोग भी न्यीशी हो। इसलिए मुझे मेरी बेटी की पसन्द पर कोई आपत्ति नहीं है। हमने भी अपनी मर्ज़ी से ही चार-चार शादियाँ की हैं। उसकी माँ से बात करो। यह क्या कहती है, वही ज़रूरी है। अभी तो चुप है। तुम्हारे जाने के बाद तो ये मुझे खा ही जाएगी।" अपनी पत्नी यासो की तरफ़ इशारा करते हुए उन्होंने शरारती मुस्कान बिखेरी। उस औरत के चेहरे पर कोई भाव नहीं था। वह इधर-उधर आती-जाती हुई काम कर रही थी।

वृद्ध तामीन ने फिर कहना शुरू किया, "उसकी माँ यासो तो स्वयं हमारे पास भागकर आई थी। बहुत गोरी और सुन्दर थी, लेकिन बहुत ही कम बोलने वाली। शुरू में तो मुझे लगा था, कहीं ये गूँगी तो नहीं है! बहुत देर पूछने के बाद ही इसने बताया कि वह घर से भागी हुई है। अचानक एक अनजान लड़की हमारे घर रहने लगी। धीरे-धीरे मैंने ध्यान दिया—वह मेरी तरफ़ शरमा-शरमाकर देखती थी। बेटी की उम्र की ख़ूबसूरत लड़की। आह, कैसा नशा-सा छा जाता था! मेरी बड़ी पत्नी बहुत समझदार थी। उसको गुज़रे तीन साल हो गए हैं। उसके बिना कुछ अधूरा-सा लगता था। ख़ैर, एक दिन वह कहने लगी, 'इस लड़की को अपनी पत्नी बना लो। आने दोन्यी[1] की कृपा से हमारे पास खेती-बाड़ी बहुत है। लड़की भी मेहनती है। हमारी मदद हो जाएगी। देखते नहीं सबसे

1. दोन्यी—माता सूर्य।

बड़ी टोकरी में भर-भर के जंगल से मोटी-मोटी लकड़ियाँ दिन में पाँच-छह बार लाती हैं। लोग दबी ज़ुबान से कहने भी लगे हैं कि तुम्हारी नई पत्नी आ गई है। सुना है, नाबाम खोदा की पाँचवीं पत्नी की इकलौती बेटी है। तुम तो जानते ही हो, उसके पास कितने-कितने गहने-लत्ते हैं। कुछ तो आ ही जाएगा हमारे पास।' यह कहते-कहते उसकी आँखें लालच के भाव से फैल गई थीं। मुँह कुछ देर तक गोल बना रहा..." यह सब बताते हुए ताना तामिन ज़ोर-ज़ोर से हँसने लगे। हम सब भी खी-खी कर हँसने लगे।

मैं देख रही थी—वह महिला अब भी नहीं हँस रही थी, जबकि उसकी ही चर्चा हो रही थी। बहुत देर से वह चुपचाप काम कर रही थी। उसने सबको 'ओप्पो' दिया। होने वाली दुल्हन यानम को जल्दी-जल्दी खाना न बनाने पर डाँटती हुई ज़ोर-ज़ोर से इधर-उधर चहलक़दमी करने लगी। बाँस के बने घर ज़रा-सा हिलने-डुलने पर भी छाँग-छाँग की आवाज़ करने लगते हैं। इसीलिए शायद बाहरी लोगों ने इसे छाँग घर कहा होगा। यासो तो फिर ग़ुस्से में थी, सो घर का ज़ोर से आवाज़ करना घर की मजबूरी थी। ऊपर से ताना तामिन मन्द-मन्द मुस्कुराकर उसे और जला जो रहे थे। मेरे सिवाय बाक़ी लोग झेंप-झेंपकर हँस रहे थे। मैंने कहा, "अरे, अब खुलकर हँस दो! इन्हें रिश्ता मंजूर है।"

यानम और उसकी तीसरी माँ ने खाना परोस दिया। यासो पालथी मारकर ताना तामिन की बग़ल में बैठ गई और कहने लगी, "तुम लोग ध्यान से सुनो। मेरी बेटी से बाद में मत कहना कि भगोड़ी माँ की बेटी है। मैं इस बुड्ढे के घर इसको पसन्द करके नहीं आई थी। वह तो मेरी मजबूरी थी वरना आज यासो इसकी चौथी पत्नी नहीं, किसी और की

पहली पत्नी बनकर बाक़ी पत्नियों पर राज कर रही होती। मुझे बलशाली पुरुष ही चाहिए था जिसके साथ मैं स्वयं को सदा सुरक्षित महसूस करूँ। न कि उस ताहिन की तरह का जो मेरे बराबर भी लकड़ियाँ नहीं उठा सकता था। एक रात तो हद ही हो गई थी। उसके माँ-बाप ने ज़बरदस्ती हमें साथ सुला दिया। उस कीड़े ने रेंगने तक की हिम्मत नहीं की। मैंने तो सिर्फ़ उससे इतना ही कहा था कि हाथ मरोड़कर रख दूँगी। बस वह बिल्ली की तरह सिकुड़कर सो गया। बेवकूफ़! रात-भर ज़रा-सा हिला तक नहीं। क्या ऐसे मर्दों के साथ कोई लड़की अपना पूरा जीवन बिता सकती है?"

वह बोलती जा रही थी, "दूसरे दिन उन्होंने हम दोनों को फिर अकेले ही जंगल से लकड़ियाँ लाने भेज दिया। उसकी भाभी ने कहा था, डरना मत, शुरू-शुरू में अच्छा नहीं लगता, धीरे-धीरे सब अच्छा लगने लगता है। मैं क्यों डरने लगी! डरना तो उसे था। पिरया पू का वह घना जंगल जिसके बारे में हमने छुटपन से ही सुन रखा था कि वहाँ हमारे ऐसे रिश्तेदारों की आवाज़ें सुनाई देती हैं जिनकी मृत्यु कुछ समय बाद होने वाली है।...हम जंगल के बीचोबीच थे। मैंने ज़ोर से चिल्लाकर कहा था, 'ताहिन, तुम्हारे पिता ताना-तोबा तुम्हें नीचे खाई की ओर पुकार रहे हैं। तुम कैसे आदमी हो, चुपचाप लकड़ी काट रहे हो?'

'मैंने नहीं सुना, मैंने नहीं सुना,' कहते हुए वह दाव फेंककर मेरी तरफ़ दौड़ा।

"अरे देखो, उन्होंने फिर से तुम्हें पुकारा। अच्छा हुआ तुम्हें नहीं सुनाई दिया, वरना तुम आवाज़ देते और वह तुम्हारी आत्मा यूँ ले लेते। मैंने अपना हाथ उसकी छाती में से खींचकर कहा। वह रुआँसा-सा हो

गया और लकड़ियों को रस्सी से जल्दी-जल्दी बाँधने लगा। मैंने भी टोकरी लकड़ियों से भर ली।"

यासो ने आगे सुनाया—"वह आगे-आगे चलने की कोशिश करने लगा। अब बताओ, पीछे से मुझे ही भूत पकड़ लेता तो! उसी दिन मैंने मन-ही-मन सोच लिया था कि वह मेरा रखवाला पति हो नहीं सकता। हमारी उम्र भी क्या थी उस समय। लोगों से छुपते-छुपाते ताहिन की बहन के साथ कभी-कभी पत्थर (कंकड़) खेला करती थी। लकड़ियाँ लेने जंगल जाती, तो कुछ देर तक पेड़ों पर चढ़कर ज़ोर-ज़ोर से गाना गाती।"

बहुत लम्बा घर था ताहिन का। दस परिवारों के चूल्हे जलते थे। उस दिन जब यासो ने हारमुती में रेलगाड़ी देखी तो उसे उस घर की याद आ गई। किसी रेलगाड़ी का टूटा हुआ डिब्बा-सा लगता था। आज की तरह उस समय ओमपली में बिजली नहीं पहुँची थी। अलाव जब तक जलता रहता, तभी तक घर में रोशनी होती थी। आज तो उसी गाँव से नाबाम तुकी मिनिस्टर बन गया है और देखो कैसे सब कुछ पलक झपकते बदल गया।

उस शाम खेतों से लोग थककर आ गए थे। यासो ने ताहिन के माँ-बाप के लिए जल्दी-जल्दी खाना-सब्ज़ी बना दिया था। सब बहुत ख़ुश हुए। ताहिन के दोनों भाई एक-दूसरे को कुहनी मार-मारकर ताहिन की तरफ़ तिरछी नज़रों से देख-देखकर मुस्कुरा रहे थे। उनकी हरकतों से उसके मन में एक प्रकार की खिन्नता उत्पन्न हो रही थी। जिसके प्रति मन में प्रेम नहीं होता उसके साथ छेड़े जाना बिलकुल अच्छा नहीं लगता—और तो और उसकी अच्छाई भी बिलकुल पसन्द नहीं आती।

खा-पीकर सब सोने लगे। धीरे-धीरे लोगों की चहलक़दमी और आवाज़ें कम होने लगीं। यासो ने इशारे से ही ताहिन से कह दिया था कि यदि वह उसके पास सोने आया तो उसकी ख़ैर नहीं। रात अब सन्नाटे में बदल चुकी थी। अलाव का अन्तिम अंगार भी बुझ गया था। खर्राटों की आवाज़ों से ऐसा लगता था जैसे वे अन्धकार को डराकर भगाना चाहती हैं। दिल ज़ोर-ज़ोर से धड़कने लगा। आँखें बहुत चौकन्नी हो गईं। रात अन्धकारतम अवस्था में थी। उसने धीरे-धीरे दबे पाँव गाले[1] को घुटनों तक दाएँ हाथ में पकड़ा और उस घर से निकलने की कोशिश शुरू कर दी। दिशा का अन्दाज़ा था।

न्यीशी घरों में सीमेंट के घरों जैसे अलग-अलग रूम तो होते नहीं—सब लोग एक-दूसरे की नज़र में ही सदा रहते हैं। ऐसे में भागना ख़तरे से ख़ाली नहीं होता। बस अँधेरे का ही सहारा था। उस कमबख़्त चूहे को भी उसी वक़्त सुबकना था—वह भी बिलकुल इनसानों की तरह। लोगों को लगा, यासो रो रही है। फिर एक-एक कर सब जागने लगे। उसे मन मारकर तुरन्त फिर से सोने का नाटक करना पड़ा। उसकी माँ कहती थी, "पूर्वज हमसे बात न कर सकने की स्थिति में रोते हैं चूहे के रूप में आकर।" उस आत्मा ने उस रात उसे रोक लिया था। लोग बड़बड़ाते हुए फिर सो गए। कोई कह रहा था, "अरे ताहिन, रुलाते क्यों हो? नई दुल्हन है, ज़रा प्यार से।" उन्हें क्या पता था कि दूल्हा कोने में सिकुड़कर सो रहा है। एकबारगी तो लगा कि वही सुबक रहा है।

आज जब कभी ताहिन को अपने भरे-पूरे परिवार के साथ वह देखती है तो सोचती है कि क्या वह अपने बाप की उम्र वाले इस पति के साथ ज़्यादा सही है? लगता ही नहीं कि ये वही ताहिन है, जिसका मज़ाक़

1. गाले—स्त्रियों द्वारा पहने जाने वाला वस्त्र, जिसे कमर पर लपेटा जाता है।

उड़ाते हुए भी उसे ऊब होती थी। ख़ैर, उसे तो उससे बचना था, सो दिमाग़ नई-नई तरकीबें सोचने में व्यस्त रहने लगा। नई थी। तीन महीने हो गए थे उसकी शादी को। कुछ महीना जब तक मन न लग जाए, खेती नहीं, जंगल से लकड़ियाँ लाओ और सबके लिए खाना बनाओ। बस, यही काम था उसका।

उस दिन सब लोग खेत के लिए निकल गए। उनके साथ ताहिन भी चला गया। यही मौक़ा था। वह निकल पड़ी। सच में, उस घर को एक बार भी मुड़कर देखने को मन न किया उसका। कैसे तीन महीने गुज़ारे थे, वह ही जानती थी। उन लोगों का उसे देखकर आज भी मुँह बिचकाना उसे बुरा नहीं लगता। उनकी जगह कोई भी होता तो यही करता। उसने उनके ख़ानदान की बहू होने से इनकार जो कर दिया था। जो बिक चुकी हो, उसका इस तरह से बगावत करना ख़तरे से ख़ाली नहीं था।

ओमपुली से दोईमुख तक पैदल आना कोई मामूली बात नहीं थी। लेकिन उसे तो चलना ही था। पकड़ी जाती तो जो सज़ा भुगतनी पड़ती उसके सामने मृत्यु भी कम ही थी। जो हाल होता, उसे देखकर किसी भी बिक चुकी लड़की की भागने की हिम्मत कभी नहीं होती। भारी-भरकम लकड़ी के साथ एक पैर को इस तरह बाँध दिया जाता है कि लड़की खिसक-खिसककर ही चल-फिर सकती है। उसके दोनों हाथों को पीछे की तरफ़ बाँध दिया जाता है ताकि वह चाहकर भी स्वयं को छुड़ा न सके। ऐसी स्थिति में पति उसके साथ मनमानी भी कर सकता है। और इस तरह लड़की पत्नी बना ली जाती है। रास्ते में शेर भी आ जाए तो उसका सामना करने के लिए भी तैयार थी वह। पिताजी के साथ शिकार पर अपने से भी ऊँचे कदवाले जंगली सूअर को अपने दाव से गिरा दिया था उसने।

यासो की कहानी सुनते हुए हम लोगों का खाना कब ख़त्म हो गया था पता ही नहीं चला। खाते-खाते दिलचस्प बातें सुनते जाने में जो मज़ा है उसका पता उस दिन मुझे लगा। कितनी देर तक हम लोगों ने हाथ भी न धोए। शायद इसलिए कि हमारे उठने-बैठने से कहीं उसका ध्यान भंग न हो जाए। सब लोग तन्मय होकर सुन रहे थे। यानम ने हमें पानी दिया और इशारे से ही कहा कि हम बैठे-बैठे वहीं पर हाथ धो लें। छाँग-घर की यही तो सुविधा है। कहीं भी हाथ धुला लो। कहीं भी बैठ जाओ। हम न्यीशी लोग चाहे कितने भी करोड़पति बन जाएँ—छाँग-घर के बिना अधूरे ही हुआ करते हैं।

यासो की कहानी जारी थी। संगरी सोलो आदि पहाड़ों पर कब चढ़ती और कब उतर जाती, आने दोन्यी गवाह थी। हिरणी की फुर्ती जैसे उसमें समा गई थी। आज कोई उसे लाख रुपये भी दे दे और वहाँ उतनी ही तेज़ी से चलेगी, तो मर ही जाएगी। किसी की आवाज़ सुनती तो वह तुरन्त जंगल में छुप जाती। यही करते-करते वहीं पर शाम होने लगी और फिर खेतों से लोगों का लौटना शुरू हो गया। दिल ज़ोर-ज़ोर से धड़क रहा था जैसे ओखली में दो औरतें धान कूट रही हों। कभी जंगल से, कभी रास्ते से चलती। कभी बहुत देर तक झाड़ियों में छुपी रहती, जब तक दूर किसी गाँव से यात्रा करते लोगों की आवाज़ें भी कानों से दूर न हो जाएँ। अच्छा होता, वह गर्मी का मौसम होता। उसके तन पर उस फटे सूती कपड़े के सिवाय हाथ में भी कुछ नहीं था। उस कड़ाके की ठंड में भी वह पसीने से तर-बतर थी।

धीरे-धीरे दूर से ईटानगर की बिजली की चमक दिखने लगी। वह और तेज़ी से दौड़ने लगी। लगता था जैसे जुगनुओं की तरह चमकती रोशनी

उसे अपने आगोश में प्यार से बुला रही है और वे जाने कितनी सदियों से बिछड़े हुए प्रेमी थे। कभी लगने लगता रोशनी बहुत क़रीब आ गई तो कभी पहले से भी अधिक दूर दिखने लगती। ये पहाड़ भी हमें चकमा देकर बहुत मज़ा लेते हैं। पास का आभास होता तो वह अपने क़दमों को तेज़ी से बढ़ाने लगती थी और दूर दिखता तो दोनों हाथों को झुकाए हुए घुटनों पर रखकर शरीर ढीला कर लेती। ऐसे में थकान कुछ ज़्यादा लगने लगती और ठंड भी ज़्यादा बढ़ जाती। वह फिर गिरती-पड़ती दौड़ने लगती गर्मी पाने के लिए। कितनी अच्छी बात थी कि पीछा करने वाले दिखाई नहीं दे रहे थे। वे ढूँढ़ नहीं रहे होंगे ऐसा सोचना बेवकूफ़ी थी। जितना हो सके, क़दम को तेज़ी से बढ़ाना ही बुद्धिमानी थी। माता सूर्य उसके साथ थी, तभी तो उसने उसे रास्ता दिखाने उस रात चाँद को भेजा था।

कहीं-कहीं चाँद की रोशनी ग़ायब हो जाती, राक्षस सरीखे पेड़ों के कारण। उस वक़्त उसे लगने लगता था कि जिस तरह पिताजी महीनों किसी यात्रा से नहीं लौटते थे, वैसे ही चाँद की रोशनी ग़ायब हो रही है। उन अँधेरों के कारण तेज़ी से भागना मुश्किल लगता। और तब बचपन में सुनी राक्षस की कहानी उसे डराने लग जाती थी। भूत-प्रेत तो होता ही है वरना चूहे कैसे इनसानों की तरह सुबकते हैं। ज़रा-सी भी आहट हुई नहीं कि शरीर फक पड़ जाता था। कभी किसी जंगल में जाओ तो पता चलेगा—पक्षी भी कैसी डरावनी आवाज़ें निकालते हैं। उसे बहुत ग़ुस्सा आ रहा था पिताजी पर कि उन्होंने दस मिथुन में उसे बेच दिया। उन्हें वापस करने के लिए तो उसे धनी व्यक्ति का ही सहारा लेना था। उसके लिए चाहे उसे किसी की तीसरी तो क्या चौथी बीवी भी बनना पड़ता तो बन जाती।

दौड़ती जा रही थी कि अचानक वह नई बन रही कच्ची सड़क आ गई। उसके गाँव से भी लोग वहाँ मज़दूरी करने आए हुए थे। चाँद की उस शीतल रोशनी में उसे वह सड़क बहुत ही सुखदायक लग रही थी। एक मोड़, दो मोड़ और फिर चौथा मोड़ से कुछ दूरी पर नाचता हुआ अलाव जल रहा था। हो न हो, ये वही लोग हैं जो रास्ता बना रहे हैं! यदि तालाम और सोरेन ने उसे पहचान लिया तो सारी मेहनत मिट्टी में मिल जाएगी। उसी डरपोक के साथ पूरी ज़िन्दगी...! यह ख़याल आते ही उसके माथे पर पसीने की नन्ही बूँदें चमकने लगीं और उस कड़ाके की ठंड में उसे अजीब-सी गर्मी महसूस होने लगी—खोदा की बेटी यासो इस तरह हार नहीं मान सकती!

वह जंगल के अन्दर-अन्दर चलने लगी ताकि कोई देख न ले। बहुत मुश्किल से पहाड़ के इस पार वाली सड़क तक पहुँची ही थी कि सोरेन की आवाज़ सुनाई दी। पता नहीं वह वहाँ क्या कर रहा था। वह घबराकर फिर झाड़ी में कूद पड़ी और नीचे कल-कल बहती उस छोटी नदी में गिर पड़ी। ठंड से पूरा शरीर सुन्न पड़ गया। जिस दिन उसे ससुराल ले जाया जा रहा था, उस दिन भी भागने की कोशिश की थी और ऐसे ही एक नदी में गिर पड़ी थी। कितनी आसानी से पिताजी ने पकड़ लिया था। माँ की डाँट तो आज भी ज़ुबानी याद है। ख़ैर, जैसे-तैसे घुटनों के बल फिर से चलने लगी। शरीर थर-थर काँप रहा था—ठंड से और पकड़े जाने के डर से। किसी तरह सड़क तक पहुँची। आधी रात और ऊपर से कड़ाके की ठंड...आज भी जब कभी वह उस यात्रा को याद करती है तो रोंगटे खड़े हो जाते हैं।

यासो कहानी सुनाती जा रही थी। मैंने देखा उसने बदन पर लिपटी शॉल को कुछ खींचकर अपने को ज़ोर से लपेट लिया था। अनायास ही मेरा हाथ भी आग को और तेज़ करने के लिए जलती हुई लकड़ी की

ओर उठ गया। यासो अपनी दृष्टि अलाव पर टिकाए हुए थी और निरन्तर सुनाती जा रही थी।

उसने दुगुनी वेग से दौड़ना शुरू किया। याद नहीं, कितने मोड़ों के बाद याबा का घर आया। उसकी बचपन की प्यारी सखी याबा। उसने पुकारा, "याबा, याबा।" सब जाग गए। बच्चे रोने लगे। याबा दौड़कर बाहर निकली। उस पर नज़र पड़ते ही बोली, "पता था, तू एक दिन यही करने वाली है। अच्छा हुआ तारे शिकार के लिए जंगल गए हैं। वरना मर्दों को भागने वाली लड़कियों की मदद करना किसी अपमान से कम नहीं लगता। माँ-बाप द्वारा तय किए रिश्ते को छोड़कर भागना कितनी शरम की बात है।"

तीन बच्चों की माँ बन चुकी याबा उसकी हमउम्र थी। परन्तु वह यासो से दस बरस बड़ी लग रही थी। जब हँसती थी तो लगता था दाँत किसी डॉक्टर को दिखा रही हो। उसने जल्दी-जल्दी आग जलाई और यासो को कपड़े बदलने को दिए। खाना भी खाया नहीं जा रहा था। यासो को उसकी डाँट की अपेक्षा बिलकुल नहीं थी। वह रोए जा रही थी। पाँव में कई काँटे चुभे हुए थे और ख़ून बह रहा था। अच्छा हुआ इसका अहसास जंगल में नहीं हुआ। कपड़े कई जगहों से फटे हुए थे। यह सब देख याबा रोने लगी और यासो भोजन पर टूट पड़ी। दो सहेलियों की बातें इतनी लम्बी थीं कि रात भी कम पड़ गई। दूसरे दिन याबा खेत नहीं गई। दोनों बातें ही करते रहे। याबा ने ही तो बताया था कि ताना तामिन सरकार के ऐसे नौकर हैं जो गाँववालों के बड़े-बड़े झगड़ों का निपटारा करते हैं। पहली बार सुना था यह शब्द—कोतोकी[1]। याबा ने कहा था, "उनकी दूसरी और तीसरी पत्नी तो तुम्हारी ही तरह भागी हुई थी जिन्हें मिथुन

1. कोतोकी—राजनीतिक व्याख्याकार।

देकर छुड़ाया गया। वह अच्छे आदमी हैं। तुम्हें उन्हीं की शरण में जाना चाहिए। लेकिन तुम्हें पहली पत्नी कहलाने का सुख कभी नहीं मिलेगा।"

यासो कह रही थी, "पहली बार आ रही थी इस घर में। ख़ाली कैसे आती। लकड़ियों का एक गट्ठर लेकर आई थी। सबकी प्रश्नसूचक नज़रों का सामना किस हिम्मत से किया था, माता सूर्य ही जानती हैं। मैं मेहनती शुरू से रही हूँ। उसी कारण यहाँ मुझे जगह मिली न कि किसी की दया से। मैंने आपका वरण किया था न कि आपने मेरा।" यह कहकर वह हल्के से मुस्कुराई। फिर कहने लगी, "आज मेरी पहली सन्तान को अपना साथी मिल गया है जो उसकी अपनी पसन्द है। तुम्हारे माँ-बाप नहीं हैं तो क्या हुआ। मेरी बेटी की पसन्द है। वह ख़ुश रहेगी। तुम लोग पढ़े-लिखे हो, एक से अधिक विवाह मत करना। यहाँ तो कभी-कभी ताना तामिन भूखे ही रह जाते हैं। हरेक पत्नी को लगता है कि ये हमसे नहीं, दूसरी वाली से अधिक प्रेम करते हैं। ये है कि कभी डाँटते नहीं। पता नहीं, सोचते होंगे कि हमें इनकी परवाह ही नहीं।" कहते-कहते उसकी आँखें नम-सी हो आईं।

सब लोग हँस रहे थे। बातें कर रहे थे। धीरे-धीरे उनकी आवाज़ें मेरे सोचों में खो-सी गईं। मैं सोच रही थी, बिलकुल स्थिर-सी लगने वाली और सदा ख़ामोश-सी रहने वाली यह औरत उस नदी की तरह है, जो दूर से तो लगता है कि बह नहीं रही लेकिन पास जाकर देखो तो तेज़ी से कल-कल करती बहती नज़र आती है। कितने रहस्य अपने में समेटे ख़ामोश लेटी हुई-सी कोई नदी। उसने उन परम्पराओं से विद्रोह किया था—जो अनपढ़ न्यीशी

स्त्रियों को रोते रहने पर मजबूर करती हैं। किसी की चौथी बीवी बन जाने का दर्द तो है, परन्तु अपना जीवन जीने का ढंग अपनी मर्ज़ी से उसने चुना।

दूसरे दिन हम लोगों ने विवाह की तारीख़ तय की और चल दिए अगली तैयारी के लिए।

क्या कभी वे मिले भी थे!

जब चीन ने 'हिन्दी-चीनी भाई-भाई' का झाँसा देकर शान्त वादी पर आक्रमण किया था उसके बाद से ही यहाँ की लड़कियों को भी भारतीय सैनिक बन्दूक़ चलाने का अभ्यास करा रहे थे। गाँव की लड़कियों के हाथों की मज़बूती देख सैनिक भी दाँतों तले उँगली दबा लेते थे। गाँव के बुज़ुर्ग लोगों के मन में एक अलग तरह की शंका तथा डर ने जन्म लेना शुरू कर दिया था। उनकी बेटियाँ सिपाहियों के साथ हँस-बोल रही थीं। परदेसी हैं, उनका कोई कैसे भरोसा करे। जिनकी शादी बचपन में ही तय हो गई थी, उन्हें जल्दी विदा कर देना ही ठीक था। उसकी माँ का तो डर के मारे दिल ही धड़कने लगता था। कुछ ऊँच-नीच हो गया तो इतने सारे मिथुन और इतने सारे कपड़े तथा मीट को कैसे वापस दे पाएँगे वे?

वह गाँव की सबसे ख़ूबसूरत लड़की थी। कमर से नीचे तक झूलती उसकी काली घुँघराली नागिन-सी चोटी। गोरा बदन। छोटी-छोटी प्यारी-सी आँखें जो सदा चमकती रहतीं। हाथ बहुत ही मज़बूत। ताज़ा खिला हुआ गूलर-सा। पुष्ट शरीर, लगभग चौदह-पन्द्रह साल की चहकती

छोटी चिड़िया थी वह। गाँव के सभी जवाँ मर्दों की धड़कन बन गई थी। दिन में तीन-चार बार जंगल से लकड़ियाँ बीन लाती। जब धान रोपती तब बस लोग दाँतों तले उँगली दबा लेते। दो बड़े भाई थे उसके और वह उनकी इकलौती बहन थी। दोनों भाई उसे प्यार बहुत करते थे। बहुत छोटी थी, जब उसकी शादी तय कर दी गई थी ताबा तादर के साथ। उसे अच्छा नहीं लगता था जब कोई ताबा तादर से जोड़कर उसे चिढ़ाता। उसने उसे कभी देखा ही नहीं था। पिता की मृत्यु के बाद माँ ने दूसरी शादी कर ली थी। बड़े भाई तब पिता बन गए। बचपन भाइयों के साथ प्रेम से बीता।

सबसे बड़े भाई का नाम था ताजो, छोटे का नाम सानिया और उसका ख़ुद का नाम था आमीन।

ताजो पतला-दुबला सदा हँसने वाला फुर्तीला नौजवान था। उसके माथे के अगले हिस्से पर वेणी बनाकर बँधे हुए काले बाल ऐसे लगते थे जैसे काले-काले भौंरे एक साथ जमा हो गए हों। जब शिकार पर जाता तब कभी जंगली फूल, कभी ख़रगोश, कभी चूहा तो कभी चिड़िया ला देता बहन के लिए। उसकी बहन उसके लिए हमेशा नन्ही-सी ही थी। उन खिलौनों से वह जी भरकर खेलती थी और अन्त में जंगल में ही छोड़ देती। दूसरा भाई सानिया बहन से भी कुछ नाटा, पतला-दुबला था। आमीन से सदा भागा-भागी का खेल खेलता और अन्त में स्वयं ही नाराज़ हो जाता। फिर ताजो को रोज़ की तरह बीच-बचाव करना पड़ता।

सर्दियाँ शुरू होने वाली थीं। गाँव वाले धान की कटाई शुरू कर चुके थे कि एक दिन अचानक विदाई की बेला आ गई। उसे जाना

था—अपनों से दूर अपने गाँव से दूर। बहुत रोई वह। लेकिन उसे जाना ही था। कोई चारा नहीं था। उसके पिता यह शादी तय करा गए थे। लड़के वालों में पन्द्रह मिथुन और याद नहीं, कितनी टोकरियाँ ओप्पो, कितने सूखे मीट उसके माँ-बाप को दे दिए थे। आभूषणों को मिलाकर के दाम तो बनते थे। माँ ने विदाई गीत पूरे दिल से गया—

मैंने माला पिरोई बड़ी लगन से,
गले में अपने डाल इठलाई
माला मेरी टूट रही आज
भाभियों संग न करना जोड़ा-जोड़ी
दिल न दुखाना मेरी प्यारी का
न लड़वाना
लाज रखना प्यारे दामाद हमारे

तादर गठीला सुन्दर युवक था। उसका दाव एक ही बार में लकड़ी के दो टुकड़े कर देता था। उसकी केन की बनी टोपी के पिछले हिस्से में जब लीन्य गिलङ[1] हवा की छेड़छाड़ से हिलने लगता, तो गाँव की लड़कियों का मन भी कुछ डोलने लगता। आमीन भी उसे लोगों से नज़रें चुराकर देखा करती। दिल जैसे आँखों-आँखों में ही मिल गए हों। पर एक अजीब बात थी उसमें—वह आमीन के पास से गुज़रते हुए भी डर जाता था—जैसे कोई उन्हें रँगे हाथों पकड़ लेगा। आमीन की आँखों

1. गिलङ—चिड़िया का पंख।

में भी शर्म की लाली छाने लगी। जब तादर सामने होता उसके काम करने में पहले से ज़्यादा तेज़ी आ जाती। गाँव वाले उनकी जोड़ी की आबोतानी और जीत-आन[1] की जोड़ी से तुलना करते। यहाँ की औरतें खेती करने में उसके गाँव की औरतों से भी बहुत तेज़ थीं। आमीन भी उनके साथ दिन-भर खेतों में ही रहती। लड़कियाँ पूछतीं, "आमीन तुम्हारे गाँव की सारी लड़कियाँ क्या तुम्हारी ही तरह सुन्दर हैं?"

जिस दिन से आमीन इस घर में आई, उसी दिन से उसके प्रति तादर की सबसे छोटी माँ का रवैया कुछ अजीब-सा था। हर बात पर उसकी मीन-मेख निकालती रहती। तादर चुपचाप सुनता रहता। उसकी चुप्पी आमीन को बहुत बुरी लगती। उसके गहने को भी छोटी माँ के पास रखने को कहा गया। बार-बार बताया गया कि आमीन की शादी में उसने ही तो बहुत मेहनत की थी। ओप्पो से लेकर मीट और टोकरी से लेकर कपड़े तक का उसने ही इन्तज़ाम किया था इसलिए उसका हक बनता ही है गहनों को अपने पास रखने का। जब आमीन और तादर का परिवार बन जाएगा तब गहने लौटा दिए जाएँगे। क्योंकि छोटी माँ लड़ने में ज़्यादा ही रस लेती थी—बड़ी पत्नियाँ उससे दूर ही रहती थीं। आमीन को बड़े भाई ताजो की बहुत याद आती थी। बिना कहे अपनी बहन की हर बात जान लेता था वह। वह आता तो छोटी माँ से उसके गहने वापस न माँग देता! वह सक्षम थी अपने सामान को सँभालने के लिए।

एक दिन मौक़ा पाकर आमीन ने तादर से कह ही दिया कि यदि वह पति का व्यवहार नहीं करता है तो वह अपने घर वापस चली

---

1. जीत-आन—आबोतानी की पत्नी।

जाएगी। तादर रोने लगा। उसने धीरे-धीरे बताना शुरू किया, "मेरे पिताजी की सबसे छोटी पत्नी है वह। मेरी ही उम्र की। क्योंकि पिताजी की पहले से ही चार पत्नियाँ हैं—इसलिए सबसे छोटी पर ज़्यादा ध्यान नहीं दे पाते। वह मुझसे ज़बरदस्ती करने लगी। पिताजी को जब पता चला तो उन्होंने कहा, कोई हर्ज नहीं। मैं औरों के सामने उसके साथ पति का-सा व्यवहार नहीं करता, क्योंकि अजीब-सी एक शर्म महसूस करता हूँ। वह मुझ पर अधिकार जताती है और मैं कुछ नहीं कर पाता। तुमने तो देखा नहीं, वह कितनी लड़ाकू है! उसकी गाली-गलौज से डर लगता है...गाँव वालों को पता लग गया तो...।"

आमीन के पाँव तले ज़मीन खिसक गई। वह ज़ोर-ज़ोर से रोने लगी। तादर ने उसे अपनी बाँहों में ले लिया। उसका रोना देखकर उसने निश्चय कर लिया कि अब वह खुलेआम उसी के साथ सोएगा और शाम को दोनों एक-दूसरे का हाथ थामे वापस घर आ गए। तादर का मन फिर भी कहीं गहरे में काँप रहा था। लेकिन उसकी हिम्मत देखकर सब लोग ख़ुश थे—सिवाय छोटी माँ के। उसने कहा तो कुछ नहीं लेकिन बर्तनों को ज़ोर-ज़ोर से इधर-उधर फेंक रही थी। दूसरे दिन वह अपने मायके चली गई। अब आमीन और तादर एक-दूसरे से ऐसे मिल रहे थे, जैसे कई दिनों के कोई बिछड़े हुए प्रेमी मिलते हैं। हर दिन ख़ूबसूरत और नया होता। आमीन की ख़ूबसूरती और अधिक खिलने लगी। तादर हरदम मुस्कुराता रहता। छेड़-छाड़ होती रहती। तादर की माँ भी प्यार से मुस्कुरा देती। आमीन फिर से चंचल हिरनी-सी चौकड़ियाँ भरने लगी। घर जीवन्त होने लगा। लेकिन उनकी ख़ुशी ज़्यादा दिन नहीं चली। छोटी माँ फिर वापस आ गई थी। आए दिन कलह की ताक में रहती। आमीन का जीना हराम

कर दिया। तादर पहले से भी ज़्यादा चुप रहने लगा। पत्नी का अपमान देखकर भी वह कुछ नहीं कहता। घर के लोग फिर से ख़ामोश हो गए थे। आमीन को धीरे-धीरे घुटन-सी होने लगी। तादर की ख़ामोशी ने उसका जैसे गला ही घोंट दिया।

उसने अपने घर में कभी मार-पीट नहीं की थी। आज उसे उस औरत के साथ करनी पड़ी। ख़ूब हाथापाई हुई। उसने उसे चारों खाने चित्त कर दिया। जीत के बावजूद वह बहुत रोई, परन्तु उस घर के सब लोग बेबस थे। वे गूँगे-बहरे हो गए थे। पति की कायरता ने उसे पूरी तरह से तोड़ दिया था। एक रात तो हद ही हो गई। पति-पत्नी साथ सो रहे थे कि अचानक आमीन ने पाया कि वह औरत उसके ऊपर पेशाब कर रही थी। वह भागी कुएँ की ओर। चाँद आसमान में आज भी अपनी रोशनी बिखेर रहा था। आमीन के रोने से उसको कोई मतलब नहीं था। धरती-आकाश सब ख़ामोश थे। रोते-रोते वह नहाने लगी। उसने बार-बार घर की तरफ़ देखा—तादर नहीं आ रहा था। उसका दिल पूरी तरह डूब गया। वापस घर जाकर देखा—तादर उस औरत के साथ ही लेटा हुआ है।

सुबह वह कुएँ की तरफ़ पानी लेने आ रही थी। उसने दो कुत्तों की जानी-पहचानी आवाज़ सुनी। वहीं पर पानी का घड़ा फेंका और दौड़ पड़ी उस ओर। उसे अपनी ही आँखों पर विश्वास नहीं हुआ। दोनों कुत्ते उसके बदन पर चढ़ गए और लगे उसे प्रेम दिखाने। वह ज़ोर-ज़ोर से हँसती जा रही थी। उस ओर से दोनों बड़े भाई आ रहे थे। वह ज़ोर से चिल्लाई—"भैया!" उसके पाँव ज़मीन पर नहीं थे। एक ही साँस में सब कुछ अपने भाइयों से कह दिया। बड़े भाई ताजो ने अपने म्यान से दाव निकाला और घर के बाहर से ही तादर को ललकारने लगा। सब गाँववाले

जमा हो गए। उस दिन हर बात की पोल खुल गई। सबने उस परिवार के लोगों को गालियाँ देना शुरू कर दिया। कोई कह रहा था, "अपनी ही माँ के साथ सम्बन्ध रखा फिर अपनी ही पत्नी का इतना अपमान देखकर चुप रहना—कैसी बेशर्मी है!"

बिना खाए-पीए ही आमीन को लेकर दोनों भाई घर लौट आए। सारे गहने-लत्ते वहीं छोड़ आए। माँ को बहुत रोना आया। भाभियाँ अब कुछ कटी-कटी सी रहने लगीं—जब देखो बहन, बहन और बस बहन! लड़कियों का तो पति का घर ही अपना घर होता है। पता नहीं यह लड़की कब तक उनकी जान खाएगी। परन्तु भाइयों को तो जैसे मन की मुराद ही मिल गई थी। साथ मिलकर हँसते रहते। बड़ा भाई ताजो तो अब बहन के साथ एक ही थाली में खाने लगा था।

एक दिन जीरो से दो ऑफ़िसर गाँव में आए। आस-पास के कई लोग जमा हो गए। उन लोगों ने गाँव वालों से कहा कि सरकार ने लड़कियों को मशीन से कपड़े बुनना सिखाने का निर्देश दिया है। सो वे इच्छुक लड़कियों को लेने आए हैं। उसके बदले उन्हें कपड़े और पैसे मिलेंगे। अपनी बात हाथ हिला-हिलाकर बहुत ही मुश्किल से गाँव वालों को समझानी पड़ी थी। ताजो ने अपनी बहन की सुन्दर-सुन्दर कपड़ों में कल्पना की। वे बहुत उत्साहित हो गए। तैयारी चलने लगी।

दूसरे दिन सकुचाती-शरमाती लड़कियाँ जीप पर चढ़ गईं। रास्ते में पेड़-पौधे ऐसी तेज़ी से उनकी ओर आ रहे थे कि लगता था जैसे अब टकराए तब टकराए। वे अपनी आँखों को हाथों से ढक लेतीं। किसी

को बहुत चक्कर आ रहे थे, तो किसी के सिर में बहुत दर्द होने लगा। आमीन को उल्टियाँ आने लगीं। बाबू साहब को बार-बार गाड़ी रोकनी पड़ रही थी। उस साहब का एक पाँव कुछ टेढ़ा था। देखने में अच्छा था, पर चलता तो लगता जैसे अब एक तरफ़ से वह गिर ही जाएगा। उसने दौड़-दौड़कर आमीन की ख़ूब सेवा की। कभी पानी पिलाता, तो कभी अपना रूमाल दे देता। दूसरा साहब मुस्कुराता रहता। लड़कियाँ अपने मुँह में कपड़ा दबाकर हँसने लगतीं।

हॉस्टल में जो वहाँ पहले से रह रही थीं अन्य समुदाय की लड़कियाँ भी थीं। दिन-भर कपड़े बुनने का काम सीखतीं और शाम को बारी-बारी से अपना भोजन स्वयं तैयार करतीं। लड़कियों ने हिन्दी और असमिया भाषा के कई शब्दों को सीख लिया था। साहब सदा आग्रह की दृष्टि से आमीन को देखता रहता। एक दिन उसको उल्टी करते देख एक लड़की ने कहा, "देख आमीन, तू उस लँगड़े से जल्दी शादी कर ले, नहीं तो बहुत देर हो जाएगी। एक-दो महीने में तेरा पेट दिखने लगेगा। वह तेरे पे कितना मरता है। उसे अपने अतीत के बारे में कुछ मत बताना। लँगड़ा है तो क्या हुआ, बाबू है। तू आराम से राज करेगी। हमारी तरह फिर गाँव वापस जाकर खेती तो नहीं करनी पड़ेगी।"

समाज का सामना कैसे करेगी वह! लेकिन किसी भी हाल में उसे तादर के घर वापस नहीं जाना था। उसने अपने सभी गहनों का लोभ भी त्याग दिया। जितने दाम तादर के घरवालों ने आमीन के माँ-बाप को दिए थे, उससे कहीं अधिक ही उसके गहने थे। इसीलिए तो वे आमीन को वापस बुलाने भी नहीं आए। उसने उस दिन को याद किया जब बाबू ने सबके सामने हिम्मत से उसका हाथ पकड़ा था। कितना

ख़याल रखता है वह उसका। जल्दी करनी ही होगी। उसे अपने डर पर काबू पाना ही होगा। और पासवाले चर्च में आमीन और आओ बाबू ने शादी कर ली। नागालैंड और अरुणाचली न्यीशी समुदाय का यह सुन्दर संगम था।

एक दिन इन्दिरा गांधी आ रही थीं जीरो में। जवाहरलाल नेहरू की एक मूर्ति मैदान के बीचोबीच रखी गई। हज़ारों लोग जमा हो गए। हवाई जहाज़ मैदान में उतरा। आपातानी, न्यीशी, आदी, मोंपा—अरुणाचल के सभी समुदायों की नृत्यांगनाएँ अपने-अपने पारम्परिक रंग-बिरंगे वस्त्रों को धारण किए धीरे-धीरे नृत्य करने लगीं। इंडस्ट्रीज की सभी लड़कियाँ भी वहाँ मौजूद थीं। आमीन पति का हाथ थामे खड़ी थी। प्रत्येक गाँव से लोग लाल कोट लेने आए हुए थे जिसे इन्दिरा जी गाँव के उन समझदार लोगों को पहनाकर सम्मानित करने वाली थीं, जो गाँव के झगड़े का निपटारा कर सकें।

पीछे से ताजो ने आमीन के कन्धों को हिलाया। दोनों ने जल्दी से हाथ छुड़ा लिये। इतनी भीड़ में बहन को कैसे पहचान लिया था! बड़े भाई के चेहरे की सख़्ती और क्रोध को देखकर आमीन सहम गई थी। कोई कुछ नहीं कर सकता था। बाएँ हाथ में बहन को थामे दाएँ हाथ से अपना चमकता दाव लहराते हुए वह ललकारने लगा। अब वह लाल कोटवाला गाँव का शक्तिशाली आदमी था। वह चाहे तो बाबू साहब को जेल भेजने के बाद एक सौ रुपये फ़ाइन भी लगा सकता था। यह जानकर आओ बाबू रोने लगा। आमीन को यक़ीन नहीं हुआ,

यह वही प्यारा भाई था जो बहन के पाँव में चुभे काँटे को देखकर भी रो पड़ता था।

आमीन के गर्भवती होने की बात बड़े भाई को पता चली। फिर उसकी बाबू से ख़ूब अच्छी दोस्ती हो गई। हर चीज़ ठीक चलने लगी। आमीन अब पति के साथ ख़ूब हँसने लगी। बाबू उसका बहुत ख़याल रखता। एक दिन अचानक दर्द शुरू हुआ और एक बेटा हो गया। सब ख़ुश थे आओ बाबू के सिवा। क्योंकि बच्चे का गर्भ में नौ महीना पूरा नहीं हुआ था। वह बहुत हैरान था। उसको बच्चे के रोने की आवाज़ बुरी लगने लगी। ख़बर लगी कि आमीन किसी की त्यागी हुई है। बच्चे की किलकारियाँ आओ बाबू को आकर्षित नहीं करती थीं। आमीन पति को ख़ुश करने के लिए उसके पीछे दौड़ने लगी। अपनी आँखों के सामने किसी ग़ैर-औरत के साथ सोते हुए पाकर भी वह नाराज़ नहीं होती। उसे ख़ामोशी से घर ले आती। दारू के नशे में पति घर आता तो भी उसकी सेवा में कोई कमी नहीं रखती। बाबू अच्छा आदमी था। चाहे कुछ भी गालियाँ दो, हाथ नहीं उठाता था। वह कुछ भी कहता, आमीन प्यार से हँसकर जवाब देती। उसने सच बताकर उससे दिल से माफ़ी भी माँग ली थी। लेकिन हालात पहले से भी ज़्यादा बिगड़ने लगे। उसने पत्नी के हाथ में पैसा देना बन्द कर दिया। रात-दिन कहाँ रहता है, क्या करता है कुछ ख़बर नहीं थी। पूछने पर छोड़ देने की धमकी देता था।

दूसरा बेटा भी आ गया। पर वह नन्हा मेहमान भी कोई ख़ास फ़र्क़ लेकर नहीं आया। पड़ोसी से कब तक माँग-माँगकर अपना और बच्चों का पेट पालती। उसने पड़ोसिन की मदद से चावल की

दारू बनाकर बेचना शुरू कर दिया। पति को बिलकुल अच्छा नहीं लगा कि एक ऑफ़िसर की पत्नी दारू बेचे। वह शर्म से पानी-पानी हो रहा था। उसने जीरो से आलोङ तबादला ले लिया। किराए के घर में आमीन दोनों बच्चों के साथ अकेली रहने लगी। पति महीनों घर नहीं आता था। उसने एक दिन तय किया वह आलोङ जाएगी। बच्चों के चेहरे देखकर क्या पता वह बदल जाए और उसके पास लौट आए। कन्धे पर छोटू को बाँधे बड़े का हाथ थामे जब वह घर से निकली—उसके पास दारू से कमाए तीन हज़ार रुपये थे। वे आलोङ जाने वाली बस में चढ़ गई।

सुबह-सुबह वे आलोङ पहुँचे। आमीन ने दरवाज़ा खटखटाया। बहुत देर बाद कमर में टॉवल लपेटे बाबू ने दरवाज़ा खोला। वह अधनंगा था। अन्दर से नाइटी पहने एक औरत अँगड़ाई लेती हुई निकली। प्रश्नसूचक नज़रों से वह आमीन और बच्चों को देखने लगी। बाबू की घिग्घी बँध गई। बेटा घर के अन्दर घुसकर कुर्सी पर चढ़-चढ़कर कूदने लगा। छोटू दूध के लिए मचलने लगा। आमीन की आँखों में ऐसी बेबसी बाबू ने पहले कभी नहीं देखी थी। जीरो जाने वाली अन्तिम बस से वह उलटे मुँह लौट आई।

लोग उसके घर आकर रात-भर दारू पीते। बच्चों को उनसे दूर रखना मुश्किल हो रहा था। कभी-कभी नशे में ग़लत हरकत भी करने की कोशिश करते। एक रात तो उस शराबी ने आमीन को ज़बरदस्ती खींचने की कोशिश की। चार साल का बेटा दूर से सब कुछ ध्यान से देख रहा

था। उसने पास पड़ा दारू का मग उठाया और ज़ोर से उस आदमी के सिर पर दे मारा। वह चिल्लाने लगा। पड़ोसिन दौड़कर आई। उसने आपातानी बोली में बहुत कुछ कहा। वह बड़बड़ाता हुआ चला गया। पड़ोसिन अनुभवी थी। उसने आमीन से कहा, "हमेशा अपने पास चाकू रखना चाहिए। भूत भी चाकू की चमक से डर जाता है।"

एक बहुत ख़ूबसूरत व्यक्ति रोज़ आने लगा—हँसमुख, तमीजदार, बच्चों को प्यार करने वाला। अपनापन बढ़ने लगा। कमाने वाला था। उसके आने-जाने से वहाँ के बदमाश शराबियों का आना-जाना बन्द हो गया। ऐसे में आमीन की कमाई बन्द होने लगी। शिकायत करने पर उसने आमीन को पैसा देना शुरू कर दिया। पहले उसे संकोच हुआ लेकिन कोई चारा भी तो नहीं था। उसके कारण किसी की छेड़छाड़ तो सहनी नहीं पड़ती थी। वह इतना पैसा देता था कि आमीन को दारू बेचने की ज़रूरत नहीं थी। छह महीने बाद आओ बाबू अचानक प्रकट हो गए। उसने मार-पीट शुरू कर दी। पति पास नहीं, इसका मतलब किसी गैर-मर्द के साथ गुलछर्रे उड़ाना थोड़े ही होता है।

आमीन पास के गाँव की औरतों के साथ मिलकर स्थानीय बाज़ार में सब्ज़ी बेचने लगी। पति साल में एक-दो बार आता और घर में कलह रहती। उसके न आने से ही बच्चे भी ख़ुश रहते। एक रोज़ वह बड़े बेटे को आलोङ ले गया। दस दिन बाद बच्चे को लेकर वापस लौट आया। बेटे ने उसके जाने के बाद बताया, "बाबा मुझे दिन-भर घर के अन्दर रखते हैं। बाहर से ताला लगाकर जाते हैं। एक काठ का घोड़ा उन्होंने अपने हाथों से बनाया। वह चलता नहीं। मैं दिन-भर उस पर बैठता रहता हूँ। स्कूल नहीं भेजता मुझे। बहुत भूख लगती है।"

बरस दर बरस समय गुज़रता गया। बच्चे बड़े हो गए। फिर उनकी शादी हो गई। सब आत्मनिर्भर हो गए। आओ बाबू रिटायर्ड हो गए। सारे बाल सफ़ेद हो चुके थे। उस सूखी नदी की तरह हो गया जिसमें दूर-दूर तक रेत और पत्थर के सिवाय कुछ नहीं दिखता। नदी की कल-कल शान्त हो चुकी थी। हवा बहती तो रेत ही उड़ती रहती। वहाँ अब मछलियों की सुन्दर आँखें कहीं नहीं थीं। मछुआरों की गाने की आवाज़ जैसे बीता हुआ कोई सुन्दर सपना हो गया। उसका लँगड़ाना आमीन को बहुत बुरा लगने लगा। जब बाबू पूरी तरह नशे में होता और लड़खड़ाकर गिर पड़ता तो वह उसके बदन पर लात-घूँसों की बौछार कर देती और ज़ोर-ज़ोर से ताली बजाकर हँसती। सुबह बाबू का बदन दुखता, पर कारण मालूम नहीं होता। घर में दोनों ही रहते थे। बच्चे समय-समय पर आकर देख जाते। आमीन अभी भी इतनी कमज़ोर नहीं थी। दिन-रात पति घर पर ही पड़ा रहता। आमीन सब्ज़ी बेचती और ख़ूब पीकर घर आती। आओ बाबू कुछ कहता तो वह उसकी मर्दानगी को लेकर ख़ूब खिल्ली उड़ाने लग जाती। कोई भी घर में आता तो कहती, "देखना, मैं इस आदमी के सामने मरूँगी भी नहीं। जब ये कहीं चला जाएगा तो ही मैं मरूँगी। ये मेरे मृत शरीर को देख भी न सके।"

एक दिन नागालैंड से आओ बाबू के रिश्तेदारों ने ख़बर भेजी, 'छोटी बहन का देहान्त हो गया है। तुरन्त आएँ।' वह चला गया। पूरा एक साल हो गया लेकिन बाबू लौटकर नहीं आया। आमीन के नाम उसका एक पत्र आया। लिखा था, "मैं जल्दी ही आऊँगा। इस एक साल में मैं अपनी

पत्नी को अच्छी तरह समझ सका हूँ। मैं ईसा मसीह के नाम पर अपनी पत्नी आमीन से अपने पापों की क्षमा माँगता हूँ। मैं उसका गुनहगार हूँ। जो भी इस पत्र को पढ़कर उसे सुनाएगा, उससे मेरा अनुरोध है कि वह मेरी प्यारी पत्नी को बताए कि अब हम बाक़ी की ज़िन्दगी ढेर सारे प्रेम के साथ बिताएँगे।"

आमीन ने पूरा पत्र सुना। कुछ नहीं बोली। ख़ूब दारू पिया और सड़क की तरफ़ निकल गई। उधर से एक ट्रक आया और पूरी सड़क ख़ून से तर हो गई। आमीन का पूरा शरीर टुकड़ों में बँट गया। ज़िन्दा रहना उतना आसान नहीं होता। जिनसे गहरा प्रेम होता है दूरियाँ भी उतनी ही गहरी होती हैं। उन्हें मिटाने में सदियों लग जाती हैं। काश, रिश्ते की शुरुआत झूठ से न हुई होती...।

विवाह

पुदुङ की शादी तब हुई जब वह बमुश्किल तेरह-चौदह वर्ष की रही होगी। पति उससे शायद एक-दो साल छोटा रहा होगा। काले घुँघराले रूखे बाल कन्धों पर सदा खुले लहराते रहते। छोटी चपटी नाक, छोटी-छोटी आँखें। पुष्ट भुजाएँ। मोटी तो कहा नहीं जा सकता, परन्तु हृष्ट-पुष्ट गोरी लड़की थी। नाक के कुछ सामने काला-सा तिल उसको औरों से अलग करता था। खाने-पीने में उसका कोई मुक़ाबला नहीं था। उसकी होने वाली सास बहुत सुन्दर थी। जब भी वे यहाँ आतीं—वह छुप-छुपकर उसे देखा करती। एक दिन उस सुन्दर औरत के घर हमेशा के लिए रहने जाएगी वह।

एक दिन सुबह-सुबह माँ तथा पिताजी दूर खेत में जाने की तैयारी करने लगे। अब झूम खेती का मौसम आ गया था। जंगलों की कटाई शुरू हो चुकी थी। बच्चे बहुत बेचैन थे, क्योंकि माँ-बाप दो-तीन दिनों तक घर लौटने वाले नहीं थे। पुदुङ उनकी सबसे बड़ी सन्तान थी। उसका भाई बहुत ही शान्त क़िस्म का था। दीदी की कोई बात नहीं टालता था। छोटी सबकी लाडली थी। रात को भी सब लोग दीदी से

लिपटकर सोने के लिए लड़ाई करते रहते। दीदी सबको मानती थी लेकिन छोटी के लिए उसकी गोद हमेशा सुरक्षित रहा करती।

सारा गाँव नींद में डूबा था। दूर कहीं सियारों के रोने की आवाज़ सुनाई दे रही थी। पड़ोस के कुत्ते अचानक अजीब ढंग से भौंकने लगे। पुदुङ नींद से ऐसे जग गई, जैसे किसी ने जगाया हो। राख के भीतर दबी आग को फूँक-फूँककर उसने जलाया। मुर्ग़ों की आवाज़ें भी आने लगीं, जैसे वे भी उन सियारों की आवाज़ से डर गए हों। पुदुङ को अच्छी तरह याद था कि उसने मुर्ग़ों के चूजों को बहुत ही सुरक्षित रख दिया था। पता नहीं कोई जंगली बिलाव चोरी के लिए कब आ जाए। उसने अलाव के सामने पूरी रात बिता दी। ज़रा-सी झपकी आई ही थी कि बाहर से किसी के ज़ोर-ज़ोर से चिल्लाने की आवाज सुनाई पड़ी, "पुदुङ-पुदुङ, तुम्हारे माँ-बाप नहीं रहे। उन्हें हाथियों ने चीर-फाड़कर टुकड़े-टुकड़े कर दिए हैं।"

मौसी ने धीरे-धीरे पुदुङ को सारी ज़रूरी बातें बताईं। वह जब तक थीं, बच्चों को कोई तकलीफ़ नहीं हुई। एक सप्ताह बाद पुदुङ के सास-ससुर भी आए। मौसी के मनाने पर कह गए कि उसे तीन साल बाद विदा कराने आएँगे। तब तक ताजुम भी थोड़ा समझदार हो जाएगा। मौसी की भी अपनी ज़िम्मेदारी थी। चारों बच्चों को उसका परिवार स्वीकार नहीं कर सकता था। छोटी को वह अपने साथ ले गई।

धान-कटाई के बाद उसे ससुराल जाना होगा। उसके भाई-बहन उसके बग़ैर कैसे रहेंगे! शादी का ज़िक्र सुनते ही तीनों उदास हो जाते।

लेकिन जो तय हो चुका था, वह तो हो ही चुका था। लड़केवालों से बीस मिथुन लिये जा चुके थे। माँ-बाप के बिना उन्हें चुकता करना असम्भव था। जाने कौन-सी घड़ी में पुदुङ के पिता और उसके भावी ससुर के बीच दोस्ती का बीज अंकुरित हुआ था। उसी के चलते रिश्ता पक्का हुआ था। दोनों परिवारों के बीच घनिष्ठता और मज़बूत होने वाली थी।

मौसी शादी की तैयारी करने लगी। गाँव की औरतों ने अपने-अपने घरों से मड़ुआ ला दिया। उन्होंने भी रात-दिन मदद की। ख़ूब सारे धान कूटकर रख दिए। लकड़ियों का ढेर लगा दिया। सफ़ेद सूती कपड़े कन्धे से तलवे तक लिपट गया उसके शरीर पर। नीले, सफ़ेद रंग के भारी मालाओं से उसका गला ढक गया। कमर में लिपटी हुई हूही[1] साँप की तरह लगने लगी। दोनों हाथों में सफ़ेद चूड़ियाँ। सर पर बाँस के बने फूल के साथ दुम्पिन[2]। उसका यह रूप गाँव के कुछ लोगों को उसकी माँ की याद दिलाने लगा। छोटी को साथ लेकर वह चलने लगी बरातियों के साथ।

तारीङ गाँव के सरकारी स्कूल गें तीसरी कक्षा में पढ़ रहा था। माँ से चिपककर सोता था। पुदुङ के नन्हे से मन पर एक बात ज़रूर अंकित हो गई थी कि वही उसका पति है और वही उसका सब कुछ है। लेकिन वह तो उससे छोटा है। उसी को तो उसकी रक्षा करनी पड़ेगी।

---

1. हूही—पारम्परिक कमरबन्द।
2. दुम्पिन—स्त्रियों द्वारा पहने जाने वाला पारम्परिक मुकुट।

ससुर जी कहते—"दोनों को साथ सोना चाहिए।" तारीङ चिल्लाकर कहता, "आप सुलाओ न।"

तारीङ स्कूल से कॉलेज पहुँच गया। एक लड़की से उसको प्रेम हो गया। चार कमरों का मकान था शहर में—दूध, सब्ज़ी, लकड़ी तथा मिथुन बेचकर सास-ससुर ने ख़रीदा था—वहीं रहकर तारीङ अपनी पढ़ाई कर रहा था। एक दिन पता चला वह उसे बेचकर ईटानगर चला गया है अपनी प्रेमिका के साथ।

वह हर बात पर बहस करने लगी। धीरे-धीरे उसका रूप बदलता जा रहा था। किसी के साथ कहा-सुनी होते ही हाथापाई पर उतर आती। क्रोध, तिरस्कार, अपमान एक-दूसरे में घुलकर उसके अन्दर-बाहर ज़हर के समान फैलने लगे। दिन-महीने-साल बीतते जा रहे थे। उसके सास-ससुर उस पर उसके छोटे देवर के साथ रहने का दबाव डालने लगे। वह उम्र में उससे काफ़ी छोटा था। देवर उसका बहुत प्यारा था। किसी छोटे बच्चे की तरह भाभी को ढूँढ़ता रहता। उसका भाभी के प्रति भाव कभी नहीं बदला। लेकिन भाभी उससे हिचकने लगी। उससे बातें करते समय भी डर जाती कि कोई देख न ले और अफ़वाहें न फैल जाएँ। चौथे साल उड़ती-उड़ती ख़बर सुनने में आई कि तारीङ को बेटा हुआ है। वह भूख से शहर में दर-दर भटक रहा है। ख़ूब पीने भी लगा है।

उस दिन सब खेतों में घास छीलने गए हुए थे। बहन को सासू माँ हापोली शहर ले गई थी। उस लम्बे से घर में वह अपने चूल्हे पर लम्बी चादर तानकर सो रही थी। भरी दोपहर में भी बिना बिजली के घर में कुछ अँधेरा था। अचानक कोई उस पर टूट पड़ा। कह

रहा था, "मुझे घर वापस आना है। मुझे और मेरे बीवी-बच्चे को इस घर में वापस आने में मदद करो। मेरे पास कोई उपाय नहीं था। तुम मेरी पहली बीवी होने के नाते ज़रूर कुछ करना। मेरे वापस आने से तुम्हारा ही फ़ायदा है। माँ को बताना कि अब हम दोनों पति-पत्नी हो गए हैं।"

बेटा घर वापस आना चाहता है—माँ कैसे 'न' कह सकती है। प्रेम ग़लतियाँ नहीं गिनता। पिता ने उसे इस शर्त पर घर आने दिया कि वह पुदुङ को भी बराबर प्रेम के साथ रखेगा। लेकिन चूल्हा अपना अलग-अलग ही जलेगा।

एक साल तक तारीङ की दोनों बीवियाँ ईर्ष्या और जलन के साथ चलती रहीं। पुदुङ को एक बेटा हो गया। बा़त-बात पर तारीङ उस पर हाथ उठाने लगा। उसे दूसरी पत्नी की चुगली पर बहुत यक़ीन था। पुदुङ चुपचाप सहने वालों में नहीं थी। उसने भी पति पर हाथ उठाना शुरू कर दिया। रोज़-रोज़ के लड़ाई-झगड़ों से सब तंग आ चुके थे। घर सदा गाली-गलौज से गूँजता रहता।

कई दिन से बहन कुछ अनमनी-सी थी। अपनी ही दीदी से वह नज़रें चुराने लगी। उसका चलने-उठने का ढंग कुछ बदल-सा गया था। ऐसे लग रहा था, जैसे वे दोनों कभी बहनें नहीं थीं। एक सुबह वह उल्टियाँ कर रही थी।...बहन पेट से थी।

सास-ससुर ने कहा, "जो होना था, वह तो हो ही गया। अब बहनें मिलकर रहें।"

"मैं तो छोटी बहन को रखूँगा, बड़ी को नहीं," तारीङ ने कहा।

"फिर मैं और मेरा बच्चा कहाँ जाएँ? हम दोनों बहनें एक ही चूल्हे पर रहेंगे। हमें अलग मत करो," पुदुङ ने तड़पकर कहा।

"नहीं, नहीं, दोनों बहनें मिलकर मुझे तो अपने पाँव तले दबाएँगी। छोटी रहेगी, बड़ी नहीं। वरना मैं चली जाऊँगी," तारीङ की पत्नी ने धमकी देते हुए कहा।

जो औरत मर्द पर हाथ उठाए, उसके साथ कैसे रहा जा सकता है। तारीङ अपने फ़ैसले पर ही अडिग रहा। सास-ससुर, भाई-बहन सब परेशान थे। तारीङ मानने के लिए तैयार नहीं था। पुदुङ को घर छोड़कर जाना ही होगा।

ज़रा-सी सर्दी-जुकाम पर भी रात-रात जागकर उसकी देखभाल की। उसका सदा ख़ुद से ज़्यादा ध्यान रखा। काँटें बहन के पाँव में चुभते, दर्द उसे होता। बचपन में उससे कैसे चिपककर सोती थी वह। और आज वह हमेशा के लिए जा रही थी। घर से निकाल दिया जा रहा था। और प्यारी बहन ने अपना मुँह ही फेर लिया। अपनी माँ समान दीदी से आँखें तक नहीं मिला पा रही थी वह।

कामेश्वर बरुआ हालुआ बन गया

बिहू असम का एक महत्त्वपूर्ण त्योहार है। इस समय लोग बिहू नृत्य में लीन होकर प्रकृति के समीप होने का आनन्द लेते हैं। पुरुषों को ऐसे में जैसे पीने का बहाना मिल जाता है। "साले, याजाली बाज़ार से पनि बस्ती तक मेरे पैसे से ही बिहू मनाया न तुमने! नाच, नाच," यह कहते हुए ताकार ने कामेश्वर बरुआ की इतनी धुलाई की कि उसकी हड्डी-पसली एक हो गईं। चम्पा मदद के लिए चिल्लाती रही, पर कोई नहीं आया। आता भी कैसे, ताकार अपनी क्रूरता के लिए याजाली में प्रसिद्ध जो था। चम्पा ने कामेश्वर के दोस्तों को ख़ूब खरी-खोटी सुनाई—मस्ती में साथ देते हैं परन्तु तकलीफ़ में दूर भागते हैं वग़ैरह-वग़ैरह।

ताकार से कामेश्वर ने यह कहकर बीस हज़ार रुपये लिये थे कि वह मिस्त्री है अत: उसका मकान बना देगा। इसके लिए मज़दूर लेने असम जाना होगा। एडवांस बीस हज़ार चाहिए। ताकार को तो यही चाहिए था—उसने ख़ुशी-ख़ुशी दे दिए। पैसे हाथ में आते ही कामेश्वर अपने दोस्तों को लेकर याजाली बाज़ार हर दिन जाने लगा और रात को सब नशे में नाचते-गाते हुए पनि बस्ती वापस आने लगे।

दो सप्ताह हो गए—ताकार कामेश्वर का इन्तज़ार करता रहा। वह मज़दूर लेकर नहीं आया। पता चला, यहीं खा-पीकर मस्ती कर रहा है। उसका सिर सातवें आसमान पर चढ़ गया। मार तो खानी ही थी। कामेश्वर ने अपने मकान मालिक से अनुनय-विनय करते हुए बोला, "आप ताकार का उधार चुकता कर दीजिए। मैं आपके खेतों का 'हालुआ'[1] बन जाऊँगा। हल जोतूँगा आपके खेतों पर दिन-रात। वरना ताकार मुझे और मेरे परिवार को मार ही डालेगा।" और इस तरह वह मिस्त्री से हालुआ बन गया।

ताकार ने धमकी दे रखी थी कि कहीं भी और कभी भी वह नज़र आया तो उसकी अच्छी तरह से पिटाई होगी। ताकार के बच्चे तक से डरकर कामेश्वर जब-तब भागने लगा। ताकार की गाड़ी का नम्बर उसने अच्छी तरह याद कर लिया था। पता नहीं, कब टपक पड़े और फिर भागने का भी मौक़ा न मिले! एक दिन ताकार का बेटा उसके मकान के सामने से गुज़र ही रहा था—कामेश्वर को लगा ताकार बाबू आया है। आव देखा न ताव काँटेदार फेंसिंग को एक ही झटके में पार कर गया वह। दिन-भर मालिक के बागान में छिपा रहा। पत्नी खाना लगाकर इन्तज़ार करती रही। मालकिन को किसी के भागने का आभास हुआ तो उन्होंने सोचा कोई चोर बागान में घुस आया है। देखने की कोशिश की परन्तु कोई नज़र नहीं आया। चम्पा से मालूम हुआ कि कामेश्वर ताकार बाबू के बेटे को ताकार बाबू समझकर भागा था।

1. हालुआ—किसी अन्य के खेत पर काम करने वाला।

कामेश्वर की पिछली ज़िन्दगी का पन्ना इस तरह खुलता है—भागते-भागते वह बहुत थक गया। अरुणाचल के ऊँचे-ऊँचे पहाड़ों में भागना कोई हँसी-खेल नहीं। वह ख़ुद आश्चर्यचकित था कि इतनी ऊँचाई वाले पहाड़ को बिना रुके कैसे पार कर गया? कोई चमकता दाव पकड़े क्रोध में किसी का पीछा करे, तो कोई भी इस तरह भाग सकता है।

वह मिस्त्री था तादो के यहाँ। उसके नीचे पन्द्रह मज़दूर काम करते थे। उसी मालिक के घर पर पतली-दुबली-सी एक लड़की काम करती थी। वह मिस्त्री था, जिसके नीचे पन्द्रह-पन्द्रह लोग काम करते हैं। इससे ज़्यादा किसी औरत को क्या चाहिए। उसने सही सोचा था। क्योंकि मालिक जब भी मज़दूरों को देने के लिए कामेश्वर को पैसा देता—वह इशारे से कहती कि उसे चूड़ी चाहिए, कभी कहती बाली चाहिए। मालिक भला आदमी था। दोनों की शादी करवा दी। दिन-ब-दिन चम्पा के लिए नए-नए कपड़े और गहने आने लगे।

मज़दूरों को बाँटने के लिए तादो साहब कामेश्वर को पैसे देते लेकिन पैसे कभी मज़दूरों तक नहीं पहुँच पाए। एक दिन दुकानदार तादो के यहाँ सुबह-सुबह ही पहुँच गया। बिना पैसों के परेशान मज़दूरों ने उधार में कई दिनों का राशन उठा लिया था। फिर क्या था—बहुत अच्छे मालिक ने दाव उठा लिया और लगा कामेश्वर को भगाने। यह तो अच्छा हुआ कि चम्पा को कल ही उसके दोस्त के घर याजाली भेज दिया था, वरना चम्पा उसका यहीं इन्तज़ार करती रह जाती। कपड़े-लत्ते सब छूट गए थे तो क्या हुआ, बीवी तो नहीं छूटी न! फिर से किसी नई लड़की को ढूँढ़ना मुसीबत का काम है।

चम्पा से कह दिया, "उस आदमी के साथ काम करना पसन्द नहीं है। बेकार का आदमी है साला!"

कल तक तो यह तादो बाबू को अरुणाचल का सबसे अच्छा ठेकेदार कहता था। चम्पा से रहा नहीं गया, "मालिक अचानक कैसे बुरे हो गए? मालकिन ने तो बहुत कुछ दिया था हमारी शादी में—जैसे किसी अपने को देते हैं।"

"औरतों को न बें-बें-बें करके पूछते रहने की बहुत बुरी आदत होती है। जब मैं कह रहा हूँ कि वह अच्छा आदमी नहीं है तो नहीं है। तुम लोग इसी के ही लायक हो," कहकर वह मित्र के घर पर ही चम्पा को पीटने लगा।

वह तो सौभाग्यवती थी कि उसकी शादी हो गई, वरना अनेक बदनसीब औरतों को तो पति की मार भी नहीं मिलती। मिले भी कैसे—शादी ही नसीब नहीं होती। उसका विवाह तो मिस्त्री के साथ हुआ है, किसी ऐसे-वैसे मज़दूर के साथ नहीं। उसने रोते-रोते बड़े गर्व से अपने मंगलसूत्र पर हाथ फेरा और चिन्ता करने लगी पेट की। खाया-पिया कि नहीं? दो दिन पैदल चलकर आया है बेचारा। ऊपर से उसने परेशान कर दिया। आख़िर वह उसकी चिन्ता नहीं करेगी, तो कौन करेगा? भला हो बुरा हो कैसा भी हो, उसका पति उसका देवता था।

दोनों मित्र रातभर पीकर नाचते-गाते रहे। सुबह देर से उठे। मित्र की मदद से सामने ही बाँस से बना एक घर किराए पर ले लिया। मालकिन के एडवांस माँगने पर उसने कहा कि वह मिस्त्री आदमी है, कमा ही लेगा, कभी भी दे देगा।

कामेश्वर को एक लड़का हो गया। धीरे-धीरे चम्पा फटेहाल होने लगी। पति की कमाई दारू में ही उड़ जाती। घर की मालकिन के

यहाँ वह झाड़ू-बर्तन करने लगी। मालकिन कभी-कभी यह कहकर पैसे देने से इनकार कर देती, "किराया नहीं दे रहे हो, घर का ही काम कर दो।" पति से कुछ कहो तो उस पर मार पड़ती। वह कभी मंगलसूत्र पर प्यार से हाथ फेरती, कभी उसे अजीब नज़रों से घूरने लगी।

एक दिन एक गोरी-सी सुन्दर महिला आई। कहने लगी कि वह कामेश्वर की रिश्तेदार है और चम्पा को परिवार वालों से मिलाना चाहती है। पर कामेश्वर ने तो कहा था कि वह दुनिया में बिलकुल अकेला है! ये कहाँ से आ गई? कौन है? वह उस महिला के सामने सिकुड़कर बैठ गई। उसमें ग़ज़ब का तेज़ था। धनाढ्य महिला लगती थी। कानों में चमकती चाँदी की बालियाँ, हाथों में चाँदी के कंगन, गले में लटकती चाँदी की माला, पाँव में ललचाती चाँदी की पायल। ये सब चीज़ें चम्पा को सिकुड़ने पर अनायास ही मजबूर कर रही थीं।

शाम को कामेश्वर घर आया और हैरान रह गया। उसने मन ही मन सोचा, "इसको याजाली का पता किसने दिया?" ख़ैर बातचीत हुई। कामेश्वर बातचीत के नाम पर हाँ-हूँ ही करता रहा। अजीब-सी हालत थी उसकी। चम्पा बहुत कुछ पूछना चाहती थी, पर मार के डर से चुप रहना ही बेहतर समझा। कामेश्वर बाहर वाले रूम में नीचे ज़मीन पर ही सो गया। चारपाई तो थी नहीं। दोनों औरतें एक साथ ही सो गईं। सुबह कामेश्वर ने चम्पा को मंजूरी दे दी उस रिश्तेदार के साथ जाने की। चम्पा जल्दी ही लौट आने के लिए चल दी।

अजीब यात्रा थी। रास्ते-भर दोनों में बातचीत ही नहीं हुई। बच्चा बीच-बीच में रोता तो उसे चुप कराने के लिए ही चम्पा मुँह खोलती थी। दोपहर होते-होते वे असम के दुलियाजन के एक गाँव में पहुँचे। वहाँ एक घर था—ईंटों का बना। उसके ऊपर सीमेंट नहीं पोती गई थी। चारों ओर धान के खेत थे, बीच-बीच में पत्तागोभी के भी। "इन्हें बेचकर कितने पैसे मिलते होंगे," चम्पा ने सोचा। उस घर के बरामदे में दो जवान मर्द, दो औरतें और चार छोटे-छोटे बच्चे आँगन में खेल रहे थे। उन्हें देखते ही सब चुप हो गए। वे उसे अजीब नज़रों से घूर रहे थे। चम्पा को कुछ घबराहट-सी मालूम हुई। उस गोरी महिला ने उसे इशारे से सामने रखे मोढ़े पर बैठने को कहा। खाना-पीना भी हो गया। बच्चे खेल में मशगूल हो गए। बाक़ी बड़े लोग बरामदे में एक साथ बैठ गए।

महिला ने एक गहरी साँस लेते हुए कहा, "ये मेरा और कामेश्वर का बड़ा लड़का है। यह इसकी बीवी और वे इनके दो बच्चे। इस तरफ़ देखो, ये हमारा छोटा लड़का है। सामने ये खेत देख रही हो न, ये हमारा है। दोनों भाई मिल-जुलकर इसमें खेती करते हैं। साल में तीस हज़ार या कभी-कभी पचास हज़ार तो आ ही जाता है। बड़ी बहू सब्ज़ियों की दुकान लगाती है और छोटी घर सँभालती है।"

चम्पा को चक्कर आने लगा। कामेश्वर तो कहता था कि उसने कई साल ब्रह्मचर्य का पालन किया इसलिए सही उम्र में शादी नहीं की।

बड़ी बहू ने कहा, "अम्मा, कल के लिए भी छोड़ दो। बेचारी थक गई हैं।" उसने चम्पा के बच्चे को अपनी गोद में ले लिया। छोटी बहू उसे पंखा करने लगी।

चम्पा सामने रखे गिलास का पानी एक ही साँस में गटागट पी गई। फिर गहरी साँस ली और कहा, "अभी ही सब कुछ सुन लेना चाहती हूँ। सुना ही दीजिए।"

महिला अपने सर को हल्के से हिलाती हुई मुस्कुराई और कहने लगी, "ऐसा ही होता है शुरुआत में। धीरे-धीरे ठीक हो जाओगी।"

फिर महिला ने चम्पा को जो सुनाया वह उसे बेहाल करने के लिए काफ़ी था—"मेरा नाम रुनू दास है। मेरी ख़ूबसूरती और शर्मीले स्वभाव ने कामेश्वर के माता-पिता का मन जीत लिया था। उन्हें लगा कि मेरे कारण कामेश्वर अपनी आवारागर्दी छोड़ देगा। लेकिन वह हमेशा की तरह ही ख़ूब पान चबाते हुए घूमता रहता। दो बच्चे हुए, परन्तु वह नहीं बदला। उसके दाँत पहले लाल थे, फिर कुछ-कुछ काले भी होने लगे। लगता था जैसे अभी-अभी कच्चा मांस खाया हो। जब वह हँसता बच्चे बहुत ही डर जाते थे। पर अब तो शायद तुम उसे ब्रश करने देती हो। कुछ-कुछ इनसानों-सा लग रहा था," कहती हुई रुनू ज़ोर-ज़ोर से हँसने लगी। कितनी मुक्त हँसी थी।

रुनू शादी में जो गहने लाई थी, उन्हें कामेश्वर ने बेच दिया। कुछ कहती तो पत्नी के साथ-साथ अपने माँ-बाप तक की पिटाई करने लगता। ग़ुस्से में हमेशा एक बात कहता था—"मेरा स्वभाव साधु-सन्तों का है, सदा बेफ़िक्र रहता हूँ। जब तुम लोगों की समझ में यह नहीं आता तो मुझे परशुराम वाला क्रोध आ जाता है।"

सब तंग आ चुके थे उससे। इन्हीं दिनों उसे पी.डब्ल्यू.डी. में सरकारी चपरासी की नौकरी मिल गई। कामेश्वर कभी भी अपनी कमाई दिखाता नहीं था। नौकरी को दो महीने हुए ही थे, वह अपने बॉस की ख़ूब बुराई

करने लगा। कहता, "बॉस ने मुझे आलसी कहकर जे.ई. साहब के यहाँ खाना बनाने वाला रसोइया बना दिया। ए.ई. के चपरासी को जे.ई. की रसोई में काम पर लगा दिया!" भला मनमौजी स्वभाव के कामेश्वर को कैसे घर का काम अच्छा लग सकता था! उसने वहाँ पहले से भी ज़्यादा सुस्ती दिखाई। साहब ने उसे ख़ूब डाँट लगाई और नौकरी से निकाल देने की धमकी दी। कामेश्वर ने क़सम खाई कि वह उस ए.ई. साहब के अहंकार को झुकाएगा-ही-झुकाएगा और एक-दो दिन बाद बिना कुछ बताए ग़ायब हो गया। चार-पाँच महीनों तक उसकी कोई ख़बर नहीं मिली।

एक दिन ए.ई. साहब के ऑफ़िस में, हाथ में नाग लिये एक पहुँचा हुआ साधु प्रकट हुआ, माथे पर शिव जी वाला तिलक लगाए। साधु बड़ी ही क्रोधित मुद्रा में साहब की तरफ़ उँगली करके चिल्लाया, "तुमने कामेश्वर बरुआ का अपमान किया। तुरन्त पचास हज़ार इस साँप को समर्पित कर दो, वरना शिव की तीसरी आँख खुलेगी और तुम्हारी ख़ैर नहीं।"

मरता क्या न करता! साहब ने आनन-फ़ानन में पचास हज़ार का चेक नाग के पिटारे में डाल दिया। साधु ने साहब को चुपचाप अपने चरणों में घुटनों के बल बैठने को कहा। नाग साहब के बदन पर रेंगने लगा। साधु ने कहा, "अपनी घड़ी, सोने की चेन को भी निकालकर पिटारे में डाल दे।" साहब के दिमाग़ में बिजली-सी कौंध गई। वह झट से उठा तो नाग फिसलकर नीचे फ़र्श पर गिर गया और रेंगने लगा। ऑफ़िस के सभी लोग वहाँ जमा थे। सब डर के मारे इधर-उधर भागने लगे। चीख़-पुकार मच गई। रेंगता हुआ नाग साहब की अलमारी के

पीछे घुसकर सबकी नज़रों से दूर हो गया। वह न तो अब दिखाई दे रहा था, न ही वहाँ से बाहर निकलने का नाम ले रहा था। नाग पर अपने स्वामी की पुकार का भी कोई असर नहीं पड़ रहा था। आख़िरकार सँपेरे को ढूँढ़ने में ही घंटों लग गए। शोर-शराबे ओर ख़ौफ़-खचर के बीच अचानक साहब को साधु के हाव-भाव में कुछ जाना-पहचाना-सा नज़र आया। दिमाग़ पर ज़ोर डालते ही मानो बिजली-सी कौंध गई और साहब ज़ोर से चिल्लाया, "पुलिस को बुलाओ, पुलिस को बुलाओ। ये ढोंगी कामेश्वर बरुआ है।" साधु वहाँ से चैक लेकर यह कहते हुए तेज़ी से भागा, "कहा था न, तेरा सिर झुकवाऊँगा। मेरे क़दमों में तू झुका।"

याजाली में ही रह रहे कामेश्वर के दोस्त से ही पता चला—चम्पा और कामेश्वर के बारे में। रुनू दास और उसके बच्चों ने सोचा, एक-न-एक दिन कामेश्वर अपने नए परिवार के साथ आएगा और अपना हिस्सा माँगेगा। सो, अभी से बात साफ़ कर देना ज़रूरी है कि अब कामेश्वर पारिवारिक सम्पत्ति का हक़दार नहीं है। उसके बूढ़े माँ-बाप पूरी ज़मीन-जायदाद रुनू दास और उसके बच्चों के नाम कर गए हैं। सास ने अन्तिम समय में भी कहा था कि कामेश्वर कभी भी उनका बेटा नहीं था। दूसरे दिन चम्पा बच्चे के साथ बस में चढ़ गई।

अब वह पहले वाली चम्पा नहीं रही। ख़ूब पीने लगी है। कामेश्वर को अब वह ख़ूब जवाब देती है। कामेश्वर ने एक दिन उसे मारने की कोशिश की तब चम्पा लाठी लेकर धड़ाधड़ उसे ही पीटने लगी। तब से

कामेश्वर उससे डरा-डरा रहता है। पहले कामेश्वर लाठी लेकर चम्पा के पीछे दौड़ता था। अब चम्पा के हाथ में लाठी होती है, "ओए, ओए साली हरामी औरत," कहते हुए वह भागता है। यह रोज़ का काम हो गया है।

बरसात की एक रात

"चलो, चलो, जल्दी-जल्दी हाथ-पैर चलाओ! ग्यारह बजने से पहले ही काम को ख़त्म करना है। काम करो और ठंड भगाओ," नीचे अलाव के पास खड़ा अपने दोनों हाथों को कमर पर रखकर मोहरी[1] चिल्ला रहा था। "इससे भी ज़्यादा तेज़ी से कोई भला कैसे हाथ-पैर चला सकता है! आदमी है, कोई मशीन थोड़े है," ऊपर छत पर राजू क्षेत्री बुदबुदाते हुए ठक, ठक, ठक कीलें ठोंक रहा था। हर किसी के मन में एक बुदबुदाहट थी। मजबूरी न होती तो लोग थोड़े ही बुदबुदाते। समय पर ठेकेदार आवश्यक सामग्री मुहैया करवाते तो काम भी समय पर ही पूरा हो सकता था।

रात के दस बज चुके थे। बीस-बाईस मजदूर काम पर थे। ज़मीन पर कई चप्पलें पड़ी हुई थीं। बिजली के पतले-पतले तारों से लटकते बल्ब इधर-उधर जल रहे थे। कहीं-कहीं रोशनी ठीक से पहुँच नहीं रही थी। सारे मज़दूर आँखें फाड़-फाड़कर देखते हुए काम कर रहे थे। नीचे से कुछ लोग आवश्यक सामग्री ऊपर पहुँचा रहे थे। सन्नाटों को चीरते ठक,

1. मोहरी—मजदूरों का प्रबन्धक।

ठक, ठक की आवाज़ों के सिवाय कोई एक-दूसरे से बात नहीं कर रहा था। थोड़ी देर रुके नहीं कि मोहरी दाँत किटकिटाने लगता था—कल तक छत पर टीन लगाने लायक हो ही जाना चाहिए; नहीं तो बिल नहीं बनेगा। विश्वविद्यालय वाले इस मामले में बहुत ही सख़्त हो गए हैं आजकल। ठेकेदार ने मोहरी को अल्टीमेटम दे रखा था कि कल तक काम पूरा हो जाना चाहिए, वरना पैसे नहीं मिलेंगे।

जलता हुआ अलाव, थर-थर काँपते कालू को वह बार-बार अपनी तरफ़ खींच रहा था। उसका ध्यान भटक जाता था। मोहरी की चिल्लाहट से वह बार-बार टूट जाता। हड़बड़ाकर कभी कीलें, कभी काठ उठाने लगता। कड़ाके की सर्दी, सूई सी चुभती हवाएँ। गर्मियों में यही हवा जब हौले से बदन को छूकर गुज़र जाती है, तब तन-मन कैसे खिल जाता है। उसकी नई-नवेली दुल्हन रजाई के भीतर दुबककर मीठी नींद में सो रही होगी। तीन महीने हो गए उसको देखे। मन रुआँसा हो गया—आदमी पेट को लेकर जन्म लेता है। इसी ने प्रेम का भी गला घोंटा है। इसी ने आदमी को कहीं का न छोड़ा। सर्दियों में भी चाहे अचानक बारिश हो रही हो और ऊपर से बर्फ पड़ रही हो, बिना रुके कुछ लोगों को काम करना ही पड़ता है।

उस रोज़ जैसे-जैसे रात गहराती जा रही थी, ठंड बढ़ती जा रही थी। ठंडी-ठंडी ओस सिरों को भिगो रही थी। नंगे पैर सख़्त हो गए थे मानो उन्हें कोई फ़र्क़ ही नहीं पड़ता था। सड़क सुनसान हो गई। सर्दियों में जल्दी रात हो जाती है। लोग अपने-अपने घरों में दुबक जाते हैं। अचानक मूसलाधार बारिश होने लगी। आसमान काले बादलों से ढक गया। वे एक-दूसरे के दाँतों की किटकिटाहट सुन सकते थे। नीचे

से कुछ लोग उन्हें उतर आने के लिए कह रहे थे। इधर एक आदमी कह रहा था, "बस-बस, एक-दो कीलें और ठोक दो, बाक़ी कल तड़के कर लेंगे।" आँखों को पानी बार-बार ढक देता था। फिर भी वे लगातार काम कर रहे थे। अरे ये क्या? बिजली चली गई! ओफ़्फ़ो, क्या मुसीबत है!

'अरे अब तो नीचे आ जा' कोई इधर से चिल्ला रहा था।

बग़ल वाले मकान के बरामदे में कुछ लोग खड़े थे। बारिश के कारण अलाव बुझ गया था। कीलों से भरा पोलीथिन लिये काँपते हुए तामांग भी वहीं पर खड़ा था। खड़ा-खड़ा वह ख़यालों में खो गया—एक दिन वह सड़क पर जा रहा है। रास्ते किनारे एक भरा हुआ बोरा मिलता है। क्या है उसके अन्दर? कुछ डर-सा लग रहा है। कहीं कोई बम-उम तो नहीं? वह उसे छोड़कर आगे जाने लगता है लेकिन फिर दौड़कर वापस आता है। अन्त में जिज्ञासा के आगे वह हार जाता है, और उस बोरे को खोलकर देखता है। हें! इतने सारे पैसे!!...महँगी गाड़ी, आलीशान मकान और वह ठेकदार बन गया है! यह साला मोहरी उसका मोहरी बन गया है! ठेकेदार उसका लेबर बन गया...और, और...अचानक आईया-आईया, मागो-मागो की आवाज़ें आने लगीं। हड़कम्प मच गया। सब उस तरफ़ दौड़ने लगे। जिधर से आवाज़ें आ रही थीं। तामांग की तन्द्रा टूट गई। छत से दो आदमी गिर गए थे। वह भी उनकी तरफ़ दौड़ने लगा। उन्हें उठाने की कोशिश कर ही रहा था कि दो और लोग छत से एक के ऊपर एक गिर गए। तामांग उनके नीचे पड़ने से दब गया।

किसी की टाँगें टूट गईं, किसी के सिर पर चोट लग गई। तामांग का शरीर मानो कई टुकड़ों में बँट गया। साँस लेना कठिन हो गया। जैसे

किसी ने फलों से लदे नाशपाती के पेड़ को ज़ोर-ज़ोर से हिला दिया था—और फल टपाटप-टपाटप करके एक-के-ऊपर एक गिरते गए हों। 'बाबू, अस्पताल ले जाओ बाबू!'

मोहरी हाँ, हाँ, कहता हुआ उनकी मदद करने लगा।

कुछ ही दूरी पर लेबर-कैम्प था। बहुत मुश्किल से सबको वहाँ तक पहुँचाया गया। राजीव गांधी विश्वविद्यालय—नाम बड़े नेता का है। ऑटो मिलना भी मुश्किल है। रात को तो और कहना ही क्या। ऊपर से वे मज़दूर थे। कौन अपनी गाड़ी गन्दी करे। दिन को समय-समय पर बसें चलती हैं। उनमें भी पढ़े-लिखे लोगों के बीच चलने से अच्छा है पैदल ही चलो। लोग घृणा से नाक-भौं सिकोड़ लेते हैं। आख़िर सबको अपनी इज़्ज़त प्यारी लगती है। दुत्कारवाला भाव आदमी के मन पर गहरा घाव करता है। उसी की ख़ातिर विश्वविद्यालय की उस पहाड़ी सड़क पर अक्सर उन्हें पैदल चलते हुए देखा जा सकता है। ठेकेदार को जब उनकी ज़रूरत होती है तो वह उन्हें गाड़ी से पहुँचाते हैं। काम हो जाने के बाद कहाँ और किस तरह वापस जाएँ—ये सोचना उनका काम नहीं है। मोहरी जैसे-तैसे जुगाड़-उगाड़ कर लेता है। लेकिन ऐसी बड़ी घटनाओं में वह भी अकेला क्या कर सकता था। उसने बहुत कोशिश की ठेकेदार से फ़ोन पर सम्पर्क करने की। फ़ोन बजता था, उधर से कोई उठाता नहीं था। बाद में वह स्विच-ऑफ़ ही हो गया। इधर दर्द से लोग चिल्ला रहे थे। मोहरी इधर-से-उधर बाइक लेकर दौड़ने लगा। कोई गाड़ी नहीं मिली। एक आदमी होता तो वह अपनी बाइक से न ले जाता। सात-सात घायल लोगों को कैसे ले जाएँ! अब तो उस बेवड़े के पास ही जाना पड़ेगा। हो सकता है आज उसका मूड अच्छा हो। आदमी चौबीसों घंटे गालियाँ ही

बकता नहीं रह सकता। बाँसों से बने उस छाँग-घर की तरफ़ मोहरी की बाइक सरपट दौड़ने लगी।

ताकार शाम चार बजे से पीना शुरू कर देता था। कहता था, "समझदार लोग दिन-दहाड़े नहीं पीते। दिन को काम करना होता है न। और इज़्ज़त भी कोई चीज़ होती है।" पीने के बाद पहले-पहल तो वह गाता था। इसके कुछ देर बाद कोई भी उसकी नज़र में आ जाता—वह उसे गन्दी-गन्दी गालियाँ बकने लगता। घर सड़क के किनारे था। नए विद्यार्थियों को शुरू-शुरू में उससे अजीब-सा डर लगता था। धीरे-धीरे वे भी अनसुनी कर रास्ते से गुज़रने लगते। विश्वविद्यालय के सुरक्षाकर्मियों ने कई तरीक़े अपनाए उसे ठीक करने के, लेकिन वही ढाक के तीन पात पर आकर गाड़ी रुक जाती थी। उसकी पत्नी यहाँ के ऑफ़िस में चपरासी थी। लोग उसे 'केल' नाम से बुलाते थे। यह उसका असली नाम नहीं है। एक दिन रास्ते से गुज़रती छात्राओं ने सुना था—वह अपनी पड़ोसन से झगड़ा कर रही थी—पड़ोसन उसे 'रकेल-रकेल' कहकर गाली दे रही थी। 'ख' को कुछ लोग 'क' कहते हैं यहाँ—रकेल यानी रखेल। जाने किस सुस्त व्यक्ति ने उसका नाम रखेल से 'केल' कर दिया था। उस भली औरत ने भी उस शब्द को लेकर कभी किसी से कोई झगड़ा नहीं किया। उस रोज़ भी ताकार नशे में था। बग़ल में केल खर्राटे बजाते हुए सो रही थी। और वह अभी तक गा रहा था—

आयो हेरु आलोई पाबो लाईता,
मोत्ता नेपाली माइकी बोंगाली

न्यीशी और नेपाली शब्दों को जोड़-जाड़कर वह गा रहा था। 'हेरु' का अर्थ न्यीशी में दुखद है। 'आलोई' नेपाली का शब्द है जिसका अर्थ मुझे भी नहीं पता। 'मोत्ता' यानी पति, 'माइकी' यानी पत्नी। गाने का पूरा अर्थ हुआ—बहुत ही दुखद है कि पति नेपाली है और पत्नी बंगाली है।

"ताकार जी, ताकार जी! दरवाज़ा खोलिए!"

"कियू? कून है?"

"मै मोहरी, सात मज़दूर घायल हो गए हैं। उन्हें अस्पताल पहुँचाना है।"

"जा, जा, मुजे नईं जाना।"

"ताकार जी, एक आप ही तो इस यूनिवर्सिटी में समझदार और दयालु आदमी हैं।" मोहरी हार मानने वाला नहीं था।

"हम्म...यह बात तो है।" वह लड़खड़ाते हुए दरवाज़े की तरफ़ बढ़ने लगा।

अनुभवी ड्राइवर कहते हैं कि नशे में अच्छा ड्राइविंग होता है। होश न भी रहे, आप जिस रास्ते पर हमेशा ड्राइव करते हैं, आपके हाथ-पाँव को पता रहता है—कब, कहाँ, और कैसे गाड़ी को चलाना है। बस स्टार्ट करो और चल दो। सात घायलों को ठूँस-ठूँसकर उस एक ऑटो में चढ़ाया गया—एक के ऊपर एक। मागो-मागो, आईया-आईया की आवाज़ें आने लगीं। ऑटो का मालिक नशे में न होता तो क़तई इतने लोगों को नहीं चढ़ाता। वह अपनी गाड़ी को 'हेमा मालिन' कहता था। प्यार से उस पर हाथ फेरता था। 'सब लूग बेत गया?' यह पूछकर ताकार ऑटो स्टार्ट

करने लगा। हैंडिल को खींचता तो ऑटो कुछ हिलने लगता फिर बन्द हो जाता। गाड़ी स्टार्ट होने का नाम ही नहीं ले रही थी। 'अरे, पीचे से ठेलो,' ताकार चिल्लाया। वहाँ खड़े लोगों ने गाड़ी को धक्का देना शुरू कर दिया। गाड़ी सरपट दौड़ने लगी।

बरसात कुछ थम गई। बूँदाबाँदी हो रही थी। जगह-जगह छोटे-छोटे पोखरों के रूप में सड़क पर पानी ठहरा हुआ था। गाड़ी उनसे बच-बचाकर चल रही थी। लेकिन बार-बार किसी-न-किसी गड्ढे में घुस ही जाती थी। घायल लोग चिल्लाते जा रहे थे—मागो-मागो, आईया-आईया अ-आ-हह। बेफ़िक्र ताकार गाता हुआ तेज़ी से गाड़ी को दौड़ा रहा था। तामांग का मन कैसे-कैसे उसे डराने लगा—ऊई माँ, गाड़ी खाई में गिर गई तो हड्डी-पसली एक हो जाएगी! उसकी प्यारी सीता उसके बग़ैर क्या करेगी। कभी हल्का-सा भी सिर में दर्द होने लगता तो वह प्यार से दबा देती थी। उसकी चूड़ियों की खनक माँ की लोरियों-सी थी। दो अनाथों ने एक-दूसरे को सहारा दिया था। वह दो महीने के पेट से थी। उसकी बहुत याद आ रही थी।

दोइमुख मार्केट मैदान में और विश्वविद्यालय उपर पहाड़ पर है। पहाड़ पर कई मोड़ आते हैं। दो-तीन मोड़ तो ऐसे हैं कि वहाँ से गुज़रते वक़्त हर कोई डर ही जाता है। ज़ोर-ज़ोर से हॉर्न बजाना पड़ता है ताकि उस तरफ़ से आने वाली गाड़ियों से टकरा न जाए। छोटी गाड़ियों की सवारियाँ एक तरफ़ से आती बस को देख लें तो घबरा जाती हैं अक्सर। नए छात्र-छात्राओं के शरीर में सनसनी फैल जाती है—शुरू-शुरू में।

ऑटो तेज़ी से मोड़ ले रहा था। पहला ख़तरनाक मोड़ आया—ऑटो मोड़ लेने लगा। घायलों ने इतनी ज़ोर से चीख़-पुकार मचाई कि गाता

हुआ ऑटो वाला घबरा गया। उसने ज़ोर से ब्रेक मारा। सवारी पहले आगे की तरफ़ झुकी फिर पीछे की तरफ़। झटका इतना ज़ोर से लगा कि सिर चकरा गया। ताकार नीचे उतर गया, "साले, कुत्ते, कमीने, तेरी माँ की साकी नाका! डराता है हमको! उतर नीचे सबके सब! हम आगे और नईं जाएगा। साला, क्या माग्बो-माग्बो बोलता है? हम तुम लोग का माग्बो नहीं है—समझे! उतर नीचे!"

न्यीशी लोग दामाद को 'माग्बो' कहते हैं। उसने 'मागो' को 'माग्बो' सुन लिया था। दुनिया में जितनी भी गन्दी गालियों को जानता था—सारी की सारी उसने उन मज़दूरों को दे डालीं। सब रोने लगे। कराहते हुए उसे मनाने लगे, 'बाबू माफ कर दो। अब नहीं चिल्लाएँगे। कसम!' सबने कान पकड़ लिये। अचानक बारिश फिर से ज़ोर की होने लगी—मानो उसे उन घायलों पर तरस आ गया हो। ताकार तेज़ी से गाड़ी में चढ़ गया। "फिर से चिल्लाया न तो नीचे खाई में गिरा देगा हम, समझे," कहते हुए वह गाड़ी स्टार्ट करने लगा।

हर बार नेता लोग कहते रहते हैं—'इस बार हम इस सड़क को चमका ही देंगे।' इलेक्शन के बाद सड़क वैसी-की-वैसी ही रहती है। नेता लोग आए-गए, लेकिन बूढ़ा सड़क रोज़ की तरह वैसे ही विलाप करता रहता है। उसके छाती पर ऑटो रास्ता नापता शराबी की तरह कभी इधर तो कभी उधर से होता हुआ चल रहा था। घायलों ने मुँह बन्द कर रखे थे—वे हुम्म, हुम्म की हल्की आवाज़ों से ख़ुद को राहत पहुँचा रहे थे। ताकार अब भी गाता हुआ चल रहा था।

सब दोइमुख सरकारी अस्पताल के गेट पर पहुँचे। ताला लगा हुआ मिला। बहुत पुकारा कोई बाहर नहीं निकला। रात के एक-दो बजे इस

महान अस्पताल में कहाँ से कोई मिलता! मिल भी जाए तो इतनी गालियाँ पड़तीं कि पूछो मत। यह भी कोई वक़्त है आने का?

गाड़ी आगे जाने लगी। ठंड पहले से अधिक बढ़ गई थी। आगे एक चौराहा मिलता है। उसके बाद एक और चौराहा मिलता है। इस दूसरे चौराहे से कुछ ही दूरी पर पुलिस स्टेशन है। स्ट्रीट लाइटें जल रही थीं। मूसलाधार बारिश ज़ोरों पर थी। पानी के बूँदों के कारण कुछ भी स्पष्ट नहीं दिख रहा था। पुलिस स्टेशन के सामने पहुँचते ही कालू ने देखा—सामने एक औरत पीठ पर कुछ लादे, एक हाथ में छतरी, दूसरे हाथ में पाँच-छह साल की एक बच्ची का हाथ थामे जल्दी-जल्दी जा रही थी। उसने चुड़ैल के बारे में सुन रखा था। डर के मारे आँख बन्द कर ली। गाड़ी उसके सामने पहुँची और इतनी स्पीड से रुकी कि सबकी चीख़ें आख़िर निकल ही गईं। गाड़ी पलटते-पलटते बची थी। ताकार तेज़ी से उतर गया, "रुक, रुक रंडी! बच्चा को छोड़!"

"मेरा बच्चा है, तू उसे नहीं ले जा सकता कमीना!" औरत के हाथ से छतरी छूट गई। वह बच्ची का हाथ थामे लगातार दौड़ रही थी। आगे जाकर पुलिस स्टेशन में घुस गई। दो-तीन पुलिस वाले थे। वे गहरी नींद में थे। कुर्सी पर बैठे-बैठे ही खर्राटे बजा रहे थे।

"बचाओ-बचाओ," वह चिल्ला रही थी।

बच्ची ठंड और डर से थर-थर काँप रही थी। पूरी तरह भीग गए थे दोनों।

"उफ़ माँ! यह फिर आ गई," एक पुलिसवाले ने चिढ़कर कहा।

"शी, शी धीरे बोल, सुन लेगी झगड़ालू," दूसरे ने धीरे से कहा।

ताकार भी वहाँ पहुँच गया। गाली-गलौज होने लगी। ताकार ने उसकी चोटी पकड़ ली। वह चिल्लाने लगीं। उसने उसके हाथ में ज़ोर से दाँत गड़ा दिए। वह लात-घूँसे बरसाने लगा। बच्ची दौड़कर पुलिस वाले की कुर्सी के पीछे छिप गई। पुलिसवालों ने बड़ी मुश्किल से दोनों को अलग किया। ताकार को ताबड़-तोड़ चार-पाँच लाठियाँ लगीं, तब जाकर उसने उस औरत को छोड़ा।

"मुझे इस आदमी के साथ नहीं रहना। दारू बेचेगा, सब्जी बेचेगा... लेकिन इस आदमी के साथ नहीं रहेगा हम!"

ताकार ग़ुस्से में था। उसने भी कह दिया, "जा रंडीबाजी कर! मेरा बेटी को हम नईं देगा तुमको। हम अपने साथ रखेगा इसको।" बच्ची दौड़कर माँ से चिपट गई।

"रंडा तो तुम है। उस रंडी के साथ रहो। मेरा बेटी को उसका मार खाने के लिए हम तुमको देगा? थुहू डूब मरो! हमको रंडी बोलता है साला, कुत्ता, कमीना!" बच्ची और ज़ोर से माँ से चिपक गई।

ताकार का सारा शरीर कह रहा था—'जा, उस डायन को मार डाल!' लेकिन पुलिस...उफ़!

स्थानीय नियम के अनुसार लोगों ने उन दोनों में सुलह करवाने की कई बार कोशिश की थी, लेकिन बात नहीं बनी। और ताकार केल को छोड़ने के लिए तैयार नहीं था। समाज वाले दोनों औरतों को साथ रखने की स्वीकृति दे रहे थे। लेकिन यह औरत बड़ी ज़िद्दी और अजीब थी। किसी की एक न सुनती थी। कई बार भागने की कोशिश

की...हर बार ज़बरदस्ती वापस लाई गई। ऐसे कैसे जाने देते! रहना तो पड़ेगा ही।

इधर घायल लोगों को ठंड और दर्द ने मिलकर कहीं का न छोड़ा। बहुत देर हो गई, ताकार बाहर नहीं निकला। लेकिन इन लोगों ने उस औरत को उस बच्ची के साथ वापस जाते हुए देखा। पुलिसवालों ने ताकार को एक रात के लिए अन्दर कर दिया था। बेवड़ा बड़बड़ाते हुए वहीं ज़मीन पर ही सो गया। उसने पुलिसवालों को घायलों के बारे में बताया ही नहीं। वह भूल गया था।

कुछ तो करना ही होगा अब... । बारिश भी कुछ थम सी गई थी। अहमद ने राजू की तरफ़ देखा। सब लोग नीचे उतर गए—तब जाकर राजू क्षेत्री बाहर निकल पाया। लँगड़ाते हुए जाकर ड्राइवर की सीट पर बैठ गया। वह पहले असम में ऑटो चलाया करता था। मजबूरी के चलते ऑटो बिक गया और काम की तलाश में अरुणाचल प्रदेश आ गया। उसने ऑटो को स्टार्ट करने का भरसक प्रयास किया। लेकिन वह चलने के लिए तैयार ही नहीं था। फटफट, फटफट करके स्टार्ट होता, फिर बन्द हो जाता। "अरे, पीछे से ठेलो," वह चिल्लाया। कालू तांती और अहमद कुछ बेहतर थे बाक़ी लोगों से। दोनों गाड़ी को पीछे से धक्का देने लगे। गाड़ी चलने लगी। दोनों जैसे-तैसे दौड़कर गाड़ी तक पहुँचे और दर्द से चिल्लाते लोगों के ऊपर बैठ गए।

नाहरलागुन की तरफ़ गाड़ी दौड़ने लगी। आगे एक पुल पड़ता है। गाड़ी सरपट दौड़ रही थी। पुल के क़रीब पहुँचते ही उसने आगे जाने से

मना कर दिया, "मागो! फिर से ठेलो पीछे से!" कालू और अहमद फिर उतर गए। ख़ूब ज़ोर लगाया, लेकिन गाड़ी टस-से-मस नहीं हुई। कुछ लोग ज़ोर-ज़ोर से रोने लगे। अबकी बार गाड़ी का तेल ख़त्म हो गया था। इसीलिए उसने भी हाथ खड़े कर दिए थे।

सुबह के पाँच बज चुके थे। आसमान साफ़ हो चुका था। लोग सैर को निकलने लगे थे। ज़मीन अब भी भीगी हुई थी। जगह-जगह पानी दिख रहा था। लोगों ने देखा—सड़क के एक तरफ़ एक ऑटो औंधे मुँह पड़ा हुआ है। दूसरी तरफ़ सात लोग आराम से हाथ-पाँव फैलाकर 'हैंड्स-अप' की मुद्रा में लेटे हुए हैं। लगता था बरसों से शरीर को अपने हिसाब से फैलाकर लेटने का मौक़ा उन्हें अब जाकर मिला था। सैर को निकले लोग हँसते-हँसते लोटपोट हो रहे थे, लेकिन वे दयालु थे। पता-वता करने के बाद ठेकेदार को फ़ोन लगाया गया।

...और इस तरह सुबह हो गई...।

यामी

कुछ स्मृतियाँ बदन को इस तरह छूते हुए गुज़र जाती हैं—जैसे सर्दियों की तीखी सर्द हवा। हृदय को इस तरह कचोटने लगती हैं कि अतीत का हर एक पन्ना आँखों के सम्मुख फड़फड़ाने लगता है। वही पन्ना, जिसके प्रत्येक अक्षर ने मिलकर उसको बनाया है। शायद वह ख़ुद ही इन स्मृतियों से दूर जाना नहीं चाहती। भागना भी क्यों? हर वक़्त माँ की कमी का अहसास, एक-एक आँसू, भूख से रोते-रोते अपनी छोटी-सी बिल्ली के साथ सो जाना, जागने के बाद का वह ख़ालीपन...ये सब ही तो उसे प्रेरणा देते हैं कि वह औरों के चेहरे की मुस्कान बने।

उसका नाम यामी था। उसकी सुबह माँ की चीख़-पुकार और मार से ही शुरू हुआ करती थी और उसी के साथ शाम भी ढल जाया करती। दिन को घर के किसी भी कोने में छह महीने के भाई को अपने नन्हे कन्धों पर बाँधकर बैठ सकती थी। अजीब-सी उदासी उस घर के हर एक कोने में, दीवारों पर और बरामदे में मौजूद रहती। उसको बिल्ली की म्याऊँ प्यारी लगती थी। वह भी एक दिन ग़ायब हो गई। उसके नन्हे मन के

प्रश्नों का कोई अन्त न था—माँ को मैं इतनी बुरी क्यों लगती हूँ? पहली माँ मुझे छोड़कर क्यों चली गई? दूसरी माँ इतना क्यों मारती है? मैं तो बहुत काम करती हूँ। माँएँ मुझसे क्यों नाराज़ हैं? प्रकट में कभी किसी से कुछ पूछा नहीं। उसने मौन रहना सीख लिया था। भाई को पालना था सो उसका स्कूल जाना बन्द कर दिया गया। जब से होश सँभाला, इसी दूसरी माँ को ही उसने देखा था। उसको उसकी आवाज़ से भी डर लगता था। उसी से सुना था कि उसकी माँ चरित्रहीन थी, इसलिए बाबा ने उसे मार-मारकर भगा दिया।

उसके बाबा दापोरिजो में सरकारी ट्रक ड्राइवर थे। उनका घर में आना तीन-चार महीनों में एक-दो बार हो जाता था। कहते थे दोयमुख से दापोरिजो मीलों दूर है। सरकारी नौकरों को जब-तब घर जाने को नहीं मिलता। जब वे उसको अपनी गोदी में लेकर ये बात कहते, तो उसका बहुत मन करता कि वह उनसे कहे, “बाबा मुझे भी अपने साथ चलने दो।” पर कहती नहीं थी। जब तक बाबा घर में रहते, माँ ख़ूब प्यार करती और भाई को भी वही सँभालती थी। उनके जाने के बाद स्थिति पहले की तरह हो जाती। और बाद में वही दाढ़ीवाला फिर से घर आने लग जाता। वे उसी रूम में जाते थे जहाँ बाबा और माँ सोया करते थे। इसके बाद बाहर निकलकर दोनों ख़ूब ज़ोर-ज़ोर से हँसते हुए चाय पीते रहते। कभी-कभी दिन-भर कहीं जाते और रात को लौट आते। माँ ख़ूब सजती।

एक दिन बाबा दोपहर को अचानक घर आए। माँ उस आदमी के साथ जा चुकी थी। बाबा ने पूछा, “तुझे माँ बहुत मारती है? मेरे जाने के बाद कोई दाढ़ीवाला आता रहता है?” उस दिन उनके सामने वह ज़ोर-

ज़ोर से पहली बार रोई थी। पड़ोसी आंटी ने कहा, "ताकोजी, आपकी बेटी का दर्द देखा नहीं जाता। उसके घाव पर कब तक मलहम लगाती रहूँगी। कुछ ही दिनों में मेरे पति का तबादला होने वाला है। ये बहुत असहाय पड़ जाएगी।" उस दिन बाबा ने उसे बहुत ज़ोर से अपने सीने से लगाया था। वे कहते जा रहे थे, "मुझे माफ कर दो, मुझे माफ कर दो बेटी। जल्दी से बड़ी हो जा, फिर अपनी माँ को ढूँढ़ लेना। मिले तो कहना मुझ-सा अभागा कोई नहीं।" वह उनकी गोदी में सिमटकर असीम सुख को महसूस करने लगी।

बाबा उस दिन कैसे अचानक आ गए, कभी उनसे उसने पूछा नहीं। उनके चेहरे पर बहुत दर्द देखा था। वे माँ के आने तक ख़ामोश ही रहे। शाम हुई और माँ उस आदमी के साथ आ गई। बाबा को देखकर पहले तो उन्हें यक़ीन ही नहीं हुआ। वे एक-दूसरे को उड़ी-उड़ी आँखों से देखने लगे फिर बाबा की तरफ़ भय, प्रश्न और आश्चर्य से देख रहे थे। कुछ देर तक इतनी ख़ामोशी छा गई कि सब लोग एक-दूसरे के धड़कनों को भी सुन सकते थे। बाबा ने सामने रखी लकड़ी उठाई और दाढ़ीवाले को ताबड़-तोड़ पीटना शुरू कर दिया।

दूसरी सुबह माँ का चेहरा फूला हुआ था। वह लँगड़ा-लँगड़ाकर चल रही थी। उस दिन बाबा बेटी को अपने साथ ले गए। और दोयमुख के सरकारी स्कूल में भर्ती करवा दिया। वह हॉस्टल में रहने लगी। उसका हमेशा नाख़ून चबाना, बाक़ी लड़कियों के बीच ख़ासी चर्चा का विषय बन गया। एक दिन किसी ने कहा, "नाख़ून चबाने वाली लड़कियों को लड़के पसन्द नहीं करते।" उस दिन से उसकी वह आदत छूट गई। सहेलियों के साथ खेलते समय भी वह खोई-खोई ही रहती

थी। उनकी खिलखिलाहट में भी उदासी ही ढूँढ़ती थी। कोई किसी को ज़बरदस्ती ख़ुश नहीं कर सकता, जब तक वह स्वयं उसके लिए तैयार न हो।

आज उसे जन्म देने वाली माँ मिल तो गई है, परन्तु एक अजीब-सी झिझक है उनके बीच। एक-दूसरे से आँखें मिलाकर बातें नहीं किया जाता। जो चीज़ वक़्त पर नहीं मिलती, जिसके लिए उम्र के कितने पल तड़पे हैं—जब वह उस मोड़ पर मिल जाती है, जिसके बिना आदमी जीने का आदी हो चुका होता है—उसके मिल जाने पर उतनी उत्सुकता नहीं रह जाती, जितनी पहले रहा करती है। कम-से-कम उसके लिए तो यही सही है। वह तो उसे सोते हुए ही छोड़कर गई थी। सोता बच्चा मन को कितना बाँधता है...और उसकी माँ ने तो...। माँ क्यों ऐसा कर पाई?

दसवीं कक्षा में पहुँची, ग्यारहवीं कक्षा का तालो बहुत सुन्दर लगने लगा। उसके साथ वह बादलों में चला करती। एक-दूसरे के हाथ थामे हवा में पंछियों से मुक़ाबला करते। घंटों उसी मस्ती में रहा करती। गर्मियों की छुट्टियों में मन बड़ा भारी हो जाया करता था। उसे घर जाना अच्छा नहीं लगता था। काश, कभी छुट्टियाँ ही न होतीं। वे हर दिन मिलने लगे। लोग कहते थे, "लड़कियों का बदन जिसने एक बार छू लिया उसी के साथ सारा जीवन बिताना चाहिए।" उसका नारीत्व तो ख़त्म नहीं हुआ था। प्रेम करने की ग़लती ही तो हुई थी। लेकिन उस उम्र में उसके साथ विवाह का फ़ैसला सचमुच बहुत बड़ी ग़लती थी। पर उसकी उम्र सिर्फ़ बहकने की थी। माँ होती तो शायद सँभल जाती। दो-दो माँएँ, फिर भी वह नितान्त

अकेली थी। बाबा ने उसकी पढ़ाई बन्द करवा दी। कमरे से भी बाहर जाने की इजाज़त नहीं थी।

कई लोग छह मिथुन लिये अपने-अपने कन्धों पर सूखे मीट लेकर हँसते-बतियाते हुए आ रहे थे। माँ दरवाज़े पर खड़ी थी। उसने यामी को कनखियों से देखा। तालो को भी कन्धे पर सूखे मीट लादकर आते देखा। इस तरह उसकी शादी हो गई। तालो की माँ बहुत ममतामयी थी। उनके साथ वह खेतों में जाने लगी। सास के दुलार ने सब कुछ कितना आसान कर दिया था। कहती थी, "तुमको नौकरी ढूँढ़नी चाहिए। खेतीबाड़ी तो हम जैसे गँवारों के लिए है।" असल में वह उस पर तरस खा रही थी। उन्होंने उसे धान रोपते वक़्त रोते देखा था। इसके बाद उसे लकड़ियाँ बीनने का आसान काम सौंप दिया।

तालो छुट्टियों में घर आता और उसकी ख़ूब अच्छी तरह से पिटाई करके जाता। सास भी साथ रोती। मार की आदत पड़ ही गई थी बचपन से। वह रोज़ अस्पतालों के चक्कर लगाने लगी। ये दवाई, वह दवाई पर दर्द रह-रहकर उठा करता। पति सदा लड़कियों के पीछे भागता। एक दिन सास ने पूछा, "क्या तुम्हारा मन खुले आकाश में उड़ने का नहीं होता? मैं होती, तो कब की उड़ जाती।"

उस रात सास से बहुत देर बातें होती रहीं और उसी रात उसने एक सपना देखा—एक बड़ा-सा पहाड़, जिसमें बहुत से पत्थर चिपके हुए हैं। उनके बीचोबीच एक बड़ा-सा पत्थर पड़ा हुआ है। वह उस पत्थर पर चढ़ जाती है। सामने एक आदमी बहुत कुछ कहता हुआ उसकी तरफ़ उँगली उठाए बैठा है। वह उसकी बातों से ऊब गई है। अपने बाएँ हाथ से उसकी तरफ़ बिना देखे वह उसे चुप हो जाने का संकेत करती है। उसका

मुँह पहाड़ की ओर है। उसके पीछे दूर तक फैला खुला आसमान है। रुई-सी कोमल, सुगन्धित हवा धीरे-धीरे बह रही है। उसने अपने हाथों को फैला दिया और उस असीम सुख का आनन्द लेने लगी। मन में एक बात कचोटती है कि यह पहाड़ टूटता क्यों नहीं है। सास स्नेह भरी मुस्कान के साथ कह रही है, "पहाड़ नहीं टूटेगा। तुम तो मुड़ जाओ। तुम यह कर सकती हो।" वह अपने पूरे शरीर को खुले मैदान की तरफ़ मोड़कर उड़ने का आनन्द लेना चाहती है। शरीर मुड़ता ही नहीं है।

सुबह उसने फ़ैसला ले ही लिया। पहाड़ टूटे न टूटे, पर वह अनन्त आकाश की खुली हवा में साँस लेने का हक ज़रूर लेगी। देर से ही सही, पर समझ तो गई कि वह सिर्फ़ दुख भोगने के लिए नहीं जन्मी है।...फिर से पढ़ाई जारी करके आज वह उस मुकाम तक पहुँच गई है कि लोगों की समस्याओं का समाधान भी आसानी से कर देती है। वह एक सीनियर टीचर है। आस-पास के सभी लोग उसकी इज़्ज़त करते हैं। बाबा और सास की मदद के बिना यह सब कुछ सम्भव नहीं था। नौकरी मिलते ही सास हमेशा के लिए चली गई। अपने पति और बेटे की नज़रों से बचकर, उसकी मदद करना किस क़दर जोखिम भरा रहा होगा। बाबा भी अब उसकी आज़ादी देखने के लिए नहीं रहे।